中山市社科普及丛书

胡 波 主编

纷繁世界的背影

诺贝尔文学奖主题学漫议

郑万里 著

SPM
南方出版传媒
广东人民出版社
·广州·

图书在版编目（CIP）数据

纷繁世界的背影 ： 诺贝尔文学奖主题学漫议 / 郑万里著. -- 广州 ： 广东人民出版社， 2017.2
ISBN 978-7-218-11647-1

Ⅰ. ①纷… Ⅱ. ①郑… Ⅲ. ①文学评论—世界 Ⅳ. ①I106

中国版本图书馆 CIP 数据核字（2017）第 035250 号

FEN FAN SHI JIE DE BEI YING——NUO BEI ER WEN XUE JIANG ZHU TI XUE MAN YI
纷繁世界的背影——诺贝尔文学奖主题学漫议
郑万里　著

出 版 人：肖风华

责任编辑：李锐锋
特邀编辑：张莉媛　戴程志
装帧设计：蓝美华
全书插图：滕小松　贺学宁

统　　筹：广东人民出版社中山出版有限公司
执　　行：何腾江　吕斯敏
地　　址：中山市中山五路1号中山日报社 8 楼（邮编：528403）
电　　话：（0760）89882926　（0760）89882925

出版发行：广东人民出版社
地　　址：广州市大沙头四马路10号（邮编：510102）
电　　话：（020）83798714（总编室）
传　　真：（020）83780199
网　　址：http://www.gdpph.com
印　　刷：广州市岭美彩印有限公司
开　　本：787mm×1092mm　1/32
印　　张：6.25　　**字　　数：**150千
版　　次：2017年12月第1版　2017年12月第1次印刷
定　　价：28.00元

如发现印装质量问题影响阅读，请与出版社（0760-89882925）联系调换。
售书热线：（0760）88367862　邮购：（0760）89882925

总　序

自然科学和社会科学是人类探究自然、了解社会、认识自我的两把钥匙，也是人类社会文明进步的双重动力。自然科学是研究自然界各种物质和现象的科学，如物理学、化学、动物学、植物学、矿物学、生理学、医学和数学等，是人类认识自然、了解自然、改造自然和适应自然不可缺少的有效理论和科学方法；而社会科学是研究各种社会现象的科学，包括政治学、经济学、社会学、法律学、管理学、历史学、文艺学、美学、伦理学、文学等，是人类认识自己、认识他人、认识环境，尊重自己、尊重他人、尊重环境，进行双向交流、相互交往的有力工具。

众所周知的是，自然科学为人类创造了许多物质文明成果，解放了人类的手脚，也拓宽了人类的视野，丰富了人类的物质文化生活。尤其是18世纪工业革命以来，科学技术消除和控制了许多自然灾害，减少了疾病的蔓延，延长了人类的寿命，让人类生活得更舒适、更便利、更安全。但不可否认的是，自然科学特别是现代科技发展的后遗症与副作用，也给人类带来许多比传统风险（风灾、水灾、旱灾、虫灾、瘟疫、地震等）还要令人忧心的现代危情（环境污染、核扩散与辐射、废弃物、有毒物质等），这些现代危情对人类来说，是一种无法预知又时刻存在的危害。更为重要的是，自然科学的发展，不仅改变了自然界，拉近了人与自然之间的距离，减少了自然对于人类来说所具有的神秘感和陌生感，还直接或间接地改变了人类社会的生活环境和物质条件，影响了人类自身的生产方式和生活形态。不断发展的科学技术，在现代社会中日益成为社会变迁的一股重要推动力，在许多方面正改变着人类的生活方式和文化模式。机器人将逐渐取代传统工人的角色；银行自助提款机也日益替代银行职员的职能；交通网络和大众传播媒介的发展，使不同民族之间的距离大大缩小；工商业快速发展，加速了社会流动，改变了人们的价值观、世界观、人生观、行为模式和生活方式……这些由科技文明所带来的各种新趋势和新问题，固然需要自然科学去研究去应对，但社会科学对于人类社会变迁所造成的法律、伦理、道德等各个层面的影响和冲击，同样责无旁贷。社会科学理所当然地应该从政治、经济、社会、文化、教育、心理、哲学等不同层面进行深入研究，为人类生存生活和全面发展提供更多的知识、智力的支撑和思想、文化的引领。

自然科学和社会科学虽然在研究领域、研究方法上有所不同，但两者都和人类社会的生存和发展有关，都与解决人类所面临的困难和挑战有关。社会科学是以“人”为中心，研究人与人之间，人与群体之间，人与社会、国家之间互动的知识领域，探究人类文化与其周围环境之间的关系的科学。人类在社会中生存和发展，必须了解与其生活层面有关的知识和经验，方能很好地顺应环境和改善生活，提高生命的价值和人生的意义。但是长期以来，人们对社会科学理论的认识和了解比较浮浅，对社会科学知识的掌握和运用也极其简单，在思想和行动上表现出典型的实用主义或工具理性。尤其是改革开放30余年来，重物质轻精神、重科技轻人文、重自然科学轻社会科学的现象更加突出，其结果是，在经济快速增长和科技高度发达的同时，也产生了生态环境恶化、贫富差距拉大、伦理道德滑坡以及腐败案件高发和精神信仰缺失等现象，甚至有不少人成为物质的奴隶、精神的侏儒。因此，以人为中心，探讨人类生活层面的知识领域，探究人类文化与其周围环境之间关系的社会科学，就必将成为当今社会提供认识自己、取悦他人、改造社会的钥匙。自然科学以自然物质为中心，研究人类在物质生活环境上的问题；社会科学以人为中心，处理人类精神层面的事物。两者对于人类社会而言都是不可或缺的，尤其是在所谓“后工业社会”与“后现代文化”的21世纪，如何寻求社会科学与自然科学之间的平衡，矫正往昔重自然科学轻社会科学以及重理轻文的“新文明体系”，均具有重大的历史意义和现实价值。①正如有的学者所说，全部社会科学，要解决的就是一个问题，即个体认识自己、认识他人、认识环境，尊重自己、尊重他人、

①沙依仁等著：《社会科学是什么》，北京：世界图书出版公司北京公司，2006年版，第27–28页。

尊重环境，然后进行相互间的交流、交换、交往、交易等等的问题。①而“分清各自的利益，学习有效、互利的原则与技术，是公民的必修课。”②但是，社会科学的理论、方法、知识、经验，并不为大众所掌握和运用，其传播和普及的对象与范围都十分有限，往往停留在学者的圈子内，终止于社会精英的层面上。孙中山先生曾认为，无论是在古代中国还是当代社会，始终是“知难行易”，而不是“知易行难”，强调认识比行动更难但更重要。③马克思在《〈黑格尔法哲学批判〉导言》中指出：“批判的武器当然不能代替武器的批判，物质力量只能用物质力量来摧毁，但是理论一经掌握群众，也会变成物质力量。理论只要说服人，就能掌握群众；而理论只要彻底，就能说服人，所谓彻底，就是抓住事物的根本。但人的根本就是人本身。”④因此，如何将社会科学的“知识”转化为“常识”，如何将社会科学的“经验”积淀为“理性”，如何将社会科学的“理论”转变为“智慧”，如何将社会科学的“方法”转化为“思维”，理所当然地应该成为社会科学普及的宗旨和要务。2014年9月，《广东省社会科学普及条例》就明确指出：“社会科学普及工作应当坚持政府领导、社会支持、公众参与、资源共享、服务大众、法制保障的原则”，“采取公众易于理解、接受和参与

①沙依仁等著：《社会科学是什么》，同上，简体版序，第2页。

②沙依仁等著：《社会科学是什么》，同上，简体版序，第2页。

③张磊：《孙中山思想研究》，北京：中华书局，1981年版。

④中共中央马克思恩格斯列宁斯大林著作编译局编：《马克思恩格斯选集》，第1卷，北京：人民出版社，1972年版，第9页。

的方式，普及社会科学知识、传播科学思想、倡导科学方法、弘扬科学精神和人文精神的活动”。社会科学普及工作，今天已成为各级党委政府的重要工作之一。

中山市社会科学界联合会长期以来坚持以人为本，围绕市委市政府的中心工作，关注社会，聚焦民生，面向未来，在做好党委政府的智囊团和思想库的同时，积极主动地采取多种形式，大力普及社会科学知识，传播思想文化，弘扬科学理性和人文精神，不仅涌现了大批具有广泛影响的社科普及专家和知名学者，而且也出版了一大批社科普及读物，如《中山史话》《凡人孙中山》《新三字经与社会主义核心价值观》《血脉相承：中山非物质文化遗产探究》《艺文与修身》《修身与修行》等既有地方特色又颇具中国气派的科普书籍，甚至借助南国书香节中山书展这个大平台，单独设立社科普及展区，开展形式多样的社科普及活动，产生了较大的反响。但是，社科普及活动仍然缺乏针对性和趣味性，社科普及读物也少了地方色彩而多了学究气息，社科普及的效果并不令人满意。

如何开展社科普及工作，有效地服务社会，逐步提高大众的人文素养，也就成为广大社科工作者的目标和任务。为此，中山市社会科学界联合会在市委市政府的关怀和领导下，首先组织社科专家，结合地方历史文化、经济社会的特色和社科的专业特点，融知识性、趣味性和专业性、系统性于一体，编辑出版《中山市社科普及丛书》，力求在全面介绍政治学、经济学、社会学、文化学、历史学、哲学、伦理学、民俗学、地理学和法学等社科基础知识和理论方法的同时，客观全面和深入浅出地讲述中山地方历史文化和人文精神，力求通过系列丛书的编撰出版，使其逐渐进学校、进机关、进企业、进社区，力求达到理论宣传、思想传播、文化交流、信息传递、知识共享的多重目的。为好书找读者，为读者写好书，讲好中国故事，传播社科新知，引领时代风尚，推动社会进步，就是《中山市社科普及丛书》编写的方向和目标。

序

有人说，越是伟大的作品，越是蕴含万象，吐纳深情，越有可能成为融时代风貌、人生百态的大容量、高密度载体。伟大的作品是开放的，人们可以永远解读出新鲜意义，体味出多项度的价值。

此话，深以为然。

20世纪初，诺贝尔文学（对获得诺贝尔文学奖的文学作品的统称）带着19世纪古典主义的胎记呱呱坠地，其作品大多具有理想主义倾向。如普鲁多姆的《碎瓶》、米斯特拉尔的《米赫儿》、海泽的《倔强的女性》、卡尔杜齐的《撒旦颂》以及泰戈尔的《园丁集》等，都是引吭高歌的经典。这一时期，虽然出现了一批诸如托尔斯泰、左拉、斯特林堡、乔伊斯、卡夫卡、普鲁斯特等文学成就卓著的世界级作家，但他们那种独树一帜的批判精神和对古典主义不屑一顾的创作态度，深深刺痛了陶醉在古典主义余晖中的“诺奖”评委们，使他们与诺贝尔文学奖失之交臂。幸运的是，他们的文学成果还是深深影响了后来的“诺奖”作家们。

随着西方工业文明的滚滚浪潮，资本对人的压榨呈现出残酷与无情，此时的诺贝尔文学更多地表达了对人类的同情和深厚的人道主义精神。如霍普特曼的《织工》、萧伯纳的《鳏夫的房产》、斯坦贝克的《愤怒的葡萄》、托马斯·曼的《布登勃洛克一家》以及高尔斯华绥的《福尔赛世家》等，都无情地揭露了金钱社会的丑恶和人民大众承受的种种苦难，预言了那个混账社会的不完美性。

在 20 世纪的历史记忆中，除了科学技术和工业文明的高速发展，还发生了毁灭文明的两次世界大战，许多“诺奖”作家从战争体验中看到了生命的无奈。因此，捕捉战争主题，描写人类面临的困境与命运成为诺贝尔文学一大景观。如海明威的《永别了，武器》、西蒙的《弗兰德公路》、伯尔的《列车正点到达》、拉格奎斯特的《握紧的拳头》以及丘吉尔的《第二次世界大战回忆录》等，都从不同侧面描写了战争的残酷和对生命的摧残。

然而，战争的硝烟还未散去，物欲的炸弹又接踵而来，财富暴力把人类的精神家园轰炸得千疮百孔，大批富有使命感的“诺奖”作家开始关注人类的精神困惑。如贝科特的《等待戈多》、卡内蒂的《迷惘》、加缪的《局外人》、艾略特的《荒原》等，把思维的触角伸向了人的精神世界。黑塞在《荒原狼》出版序言中准确地概括了这些作品的文学题旨：“我在主人公哈勒的手记中看到了很多东西和时代记录，因为哈勒的精神病，现在我知道，不是什么个人问题，而是这个时代的病症。”

说到时代的病症，何止表现在人类的精神领域，更表现在人类的肉体生存领域。“诺奖”作家们以独特的民族性深刻反映了人类的共同性问题。如阿斯图里亚斯的《总统先生》、马尔克斯的《家长的没落》等均以拉丁美洲国家为背景，揭露了给这些国家带来深重灾难的独裁和暴政；戈迪默的《没落的资产阶级世界》、库切的《迈克尔·K的生平和时代》，以南非为背景，抨击了白人殖民主义当局的种族歧视政策，揭露了南非种族隔离制度所造成的严重恶果；阿格农的《就在昨天之前》、萨克斯的《伊莱——关于以色列的苦难的神秘剧》，以犹太民族为背景，描述了犹太人失去家园的痛苦和争取生存权利的历程。除此之外，还有一些作家关注人类面临的贫困和瘟疫，多元文化的碰撞与融合，强权下的文学书写以及亚洲作家的民族性叙述等，这些文学题旨看似具有独特的地域性和民族性，实际上是人类面临的共同性问题。

我们从这些独特的文化空间看到了诺贝尔文学的主题展现，也看到了承载文学主题的具有独特文化视角的作品风格。如印象主义、后象征主义、超现实主义、魔幻现实主义、存在主义、现代主义等，这些文学流派颠覆了传统叙事习惯，加快了叙事节奏，加大了信息密度，加强了文学美感，呈现出一种千姿百态的新格局。这正是诺贝尔文学扬弃传统方法论取得的累累硕果，它在进一步贴近文学本质的同时，彰显了“各美其美”的审美原则。我们所处的21世纪，是一个更加文明而开放的世纪，在人类意识空前觉醒，人本时代已经确立的今天，了解和认识世界最优秀的文化巨人及其作品价值就显得更有意义，这也是我们常想于斯乐于斯的事情。无论如何，与“诺奖”作家及其作品相识都是我们的幸运。

目录

第一章
理想主义的吟唱

人类所经历的 20 世纪，是一个惊心动魄的世纪。贫困与发展、战争与和平、殖民与掠夺、民主与独裁、科学与技术、现实与内心……无时不在影响或冲击着人类的生存环境。

文学作为人类历史的记忆和反思，必然紧扣时代主题，以最准确、最形象、最深邃的笔调揭示人与社会、人与自然以及人与自我的诸多问题。

诺贝尔文学是伴随着 20 世纪第一响钟声诞生的，虽然只是世界范围内林林总总的文学现象之一，但是，它所涉及的主题之广、水准之高、影响之大、权威性之强，都是其他文学现象所无法比拟的。

我们探讨现代世界文学主题学问题，绕不开诺贝尔文学。因为，它是现代世界文学宝库中的经典之作，是世界文学的“牛鼻子”。尽管一些文学巨匠，诸如托尔斯泰、左拉、斯特林堡、乔伊斯、卡夫卡、普鲁斯特、哈代、易卜生等被排斥在诺贝尔文学之外，但诺贝尔文学依然光彩熠熠。

一、从20世纪开始的文学盛典

瑞典科学家阿尔弗雷德·伯纳德·诺贝尔在去世前一年，即 1895 年立下遗嘱，将其遗产的大部分（约 920 万美元）作为基金，将基金每年所得利息，设立物理、化学、生理或医学、文学、和平五种奖金，授予过去的一年里在这些领域对人类作出重大贡献的人。

1900 年 6 月 29 日，经瑞典国王批准，诺贝尔基金会成立。

根据诺贝尔先生的遗愿，诺贝尔文学奖应该“奖给创作出具有理想倾向的最佳作品的人”。这一奖项不仅包括纯文学，还包括在形式和风格上具有文学价值的其他人文作品。为了真正起到鼓励人们创作最具文学价值的作品的作用，诺贝尔文学奖原则上不考虑已经去世者。

正如瑞典学院常任秘书威尔逊在第一届诺贝尔文学奖颁奖辞中所说：“所谓的文学，原是个含意十分广泛的术语……倘若在候选人的水平势均力敌的情况下，抒情诗人、史诗诗人或诗剧诗人之间，究竟哪个该获奖，就成了一个十分棘手的问题。如果要在一个杰出的历史学家、一个伟大的哲学家和一个天才的诗人之间做出抉择，困难就更大了，而且大得无法估量。幸好，这项文学奖每年颁发一次，一位卓有成效的作家如果不得已让位给另一位业绩斐然的作家，但只要他确实符合‘创作出具有理想倾向的作品’的条件，来年仍有希望获得。”

所谓“理想倾向”， 说到底无非是文学上的正统性，是符合宗教义理和人伦道德的社会秩序，能激发人乐观向上的精神力量。

讲到这里，我们有必要简单回顾一下欧洲近现代文学的发展历程。

文艺复兴之后，特别是随着航海事业的发展，欧洲摆脱了中世纪宗教的禁锢，思想和眼界大为开放，文学艺术出现了空前繁荣。法国、英国、德国、意大利等先后涌现出一批文学巨匠，尤其是浪漫主义文学的兴起，将欧洲文学推上了世界文学的顶峰。

浪漫主义文学产生于 18 世纪中后期，19 世纪中叶达到繁荣，是欧洲近现代文学最重要的思潮之一，也是其他文学流派的鼻祖。从时间脉络上看，浪漫主义文学是对欧洲文艺复兴之后人本主义理念的继承和发扬，也是对僵化的德国古典主义的拨乱反正。从空间脉络上看，浪漫主义文学似乎成为文学的母体，随后脱胎出来的现实主义文学，以及再后来的现代主义文学和后现代主义文学无不带着浪漫主义的胎记。

浪漫主义文学对整个欧洲文学产生了深远影响。首先，它强调创作的开放自由，彻底摧毁了统治欧洲文坛两个世纪的古典主义清规戒律，是欧洲文学的一次“文艺复兴”。其次，它奠定了近现代世界文学的塔基，推动了世界文学的发展。

在欧洲浪漫主义文学脉络中，法国浪漫主义文学尤为突出，尽管英国浪漫主义文学早于法国，也算可圈可点，但在中国读者心目中，法国浪漫主义作家可谓群星灿烂。巴尔扎克、雨果、大仲马、乔治·桑、小仲马、福楼拜、莫泊桑、左拉、司汤达等，都是中国读者非常熟悉的文学大师。

在这些浪漫主义作家中，雨果最具代表性。

雨果几乎生活在整个19世纪。1830年，法国经历了七月革命，波旁王朝被推翻，成立了资产阶级性质的君主立宪政体，价值规律和自由竞争成为统治社会的根本法则。在这种社会氛围中，封建时代的社会关系以及与之相适应的思想观念被破除，资本主义发展的时代背景无疑是浪漫主义兴起的源头。

虽然，今天的研究者对浪漫主义与现实主义的一些理论问题争论不休，实际上二者都是站在自己的角度来研究问题的。浪漫主义是理想与现实的融合体，而现实主义则强调了题材的当下性。在法国人眼里，凡是篇幅较长的虚构作品，无论是探索人生的，抑或描写社会的，一概称之为“罗曼史”，用中国话说，就是浪漫主义。

雨果的《悲惨世界》和《巴黎圣母院》就是这样的鸿篇巨制。

这些作品很有传奇色彩，描绘的情节都令人震撼，很像狄更斯的作品，善于通过生动的场景来刻画那些历史尘埃中的，或是只可意会不可言传的某种有价值的东西。如他在《悲惨世界》中，描写冉阿让的一生时，集多色彩叙述、多层次内容、多向度思考于一体，其表现的内涵，既不是苦难，也不是不幸，更不是悲惨，他要告诉读者的就是浮华背后的人的生命状态。

所以，斯蒂文森这样评价雨果的浪漫主义作品，“能给任何作家带来声誉，但它只不过是雨果天才的一部分而已”。

由此可见，诺贝尔文学奖是对19世纪欧洲文学的继承和创新，是19世纪世界文学的未来式。所以，“具有理想倾向的作品”成为诺贝尔文学奖的旗帜当是必然。

二、那个时代的文学叛逆者

诺贝尔文学奖甫一设立，世界文坛齐刷刷将眼神聚焦在托尔斯泰身上，谁也不会怀疑第一届诺贝尔文学奖的归属。

当时，托尔斯泰的作品像流水一样，一部接着一部出版，他几乎成为世界文坛的旗手。《复活》《安娜·卡列尼娜》《战争与和平》《一个地主的早晨》《黑暗的势力》《哥萨克》《高加索的囚徒》《忏悔录》……每一部作品都是那么震撼人心。

然而，第一届诺贝尔文学奖，却出人意料地颁给了一位世人并不熟悉的法国人。

这让世界文坛大跌眼镜。

人们不禁要问，究竟为什么？

这要从托尔斯泰的创作态度说起。托尔斯泰出身贵族，刚出生不久母亲去世，10岁时父亲亡故，他的童年是在亲戚家里度过的。求学期间，喜欢哲学和文学，尤其喜爱卢梭的作品，并广泛阅读文学作品。1851年他和兄长前往高加索当兵，1852年参加了一场战斗，表现勇敢，且发表了小说《童年》。此后，他被调往多瑙河战线，参与了塞瓦斯托波尔围城战，写成《少年》《青年》和《塞瓦斯托波尔故事集》。

1862年，托尔斯泰与17岁的托尔斯塔娅结婚，妻子帮助他管理庄园，他得以将全部时间用于文学创作。在这里，他完成了长篇小说《战争与和平》《安娜·卡列尼娜》等传世之作。

这一时期，发生了一件事情，使他的创作态度发生了微妙变化。1866 年，他到军事法庭为士兵希布宁辩护，希布宁因不堪军官虐待打了军官的耳光。虽经托尔斯泰为之奔走，希布宁最终还是被枪决了。这一事件严重刺伤了托尔斯泰的神经。

此后，他对叔本华哲学产生兴趣，并遍访神父、主教、修道士和隐修士，并结识了很多底层人士，这在他的《安娜·卡列尼娜》中得到明显印证。他开始反对暴力革命，宣扬基督教的博爱和自我修身，从宗教伦理中寻求解决社会矛盾的道路。他甚至指斥自己过去的作品包括《战争与和平》等巨著为“老爷式的游戏”。

1910 年 10 月的一天，他趁着夜色秘密出走，途中患肺炎，一代文学巨星陨落。

托尔斯泰的伟大，在于他不仅再现了人的外宇宙，也精心刻画了人的内宇宙。在世界文学中，他大胆拓展了文学空间，巧妙地把握了人的外宇宙与内宇宙之间的辩证关系，细致描绘了人的内宇宙在外宇宙影响之下的嬗变过程。

他不愧为 19 世纪批判现实主义的文学泰斗。他以自己有力的笔触和卓越的艺术技巧创作了“世界文学中第一流的作品”。

尽管托尔斯泰与诺贝尔文学奖失之交臂，但他的光辉却并未因此而黯然。

三、理想主义文学的代表人物

1901 年 10 月 10 日傍晚，在世界文坛的聚焦关注之下，瑞典学院常任秘书威尔逊宣布：首届诺贝尔文学奖授予法兰西学院诗人、哲学家普鲁多姆。

一时间，台下聆听者哗然。

威尔逊似乎看出了大家的疑虑，接着说："我们有必要强调指出，普鲁多姆有一个重要特征，那就是他时常在自己的诗作中，充分展示善于质疑和思考的心灵；他爱从道德的范畴、良知的呼唤以及高尚的、责无旁贷的义务中，探索人类在冥冥中的命运。除此之外，他似乎不再知道别的什么。普鲁多姆的创作思想体现了诺贝尔先生对文学所期望的那种'理想主义倾向'。就这一点来看，他比大部分作家更高一筹，瑞典学院的评委们也确信他正是实践了诺贝尔先生的心愿。"

无论如何，普鲁多姆就文学成就和知名度而言，都难以和同时代的托尔斯泰、易卜生、哈代相提并论。但普鲁多姆确实有自己的高明之处，再加上法兰西学院有针对性的大力推介，终使这位法兰西作家登上了领奖台。

消息传到法国，举国欢庆。

普鲁多姆更是情不自禁。那时，他已经瘫痪在床。得到消息之后，他挣扎起来，为自己斟满香槟酒，流着热泪，激动得一句话也说不出来，只是略有所思地举着那杯香槟酒……

1839 年，普鲁多姆出生于巴黎一个富裕家庭，父亲是工程师。他从小聪颖过人，高中毕业考入巴黎大学，毕业后步其父后尘，担任工程师，但他总感到这个工作与自己格格不入，一年后便改行攻读法学并从事律师工作，此间他开始文学创作。从这时起，他就像哥伦布发现新大陆似地看到了自己前进的曙光，此后他辞去律师工作，专事文学创作和理论研究。

普鲁多姆感情生活十分不幸，早年爱上了自己的表妹，甚至疯狂追求。后来，因女方家长的严词抗拒，表妹十分不情愿地嫁给了他人。爱情上的沉重打击，不仅给他造成了心灵重创，也导致他终生未娶。他的早期诗歌明显带着情感的忧伤和哀怨。如他的著名诗作《碎瓶》就是这一时期的作品——

花瓶被扇子敲开裂隙，
马鞭草正在瓶中萎蔫，
这一击仅仅是轻轻触及，
无声无息，没有人听见。
但是这个微小的创伤，
使透明的晶体日渐磨损；
它以看不见的坚定进程，
慢慢波及了花瓶的周身。
清澈的水一滴滴流溢，
瓶中的花朵日益憔悴；
任何人都还没有觉察，
别去碰它吧，瓶已破碎。
爱人的手掌拂过心灵，

往往也可能造成痛苦；
于是心灵便自行开裂，
爱的花朵也逐渐萎枯。
在世人眼中完好如前，
心上伤口却加深扩大；
请让这个人暗自哭泣，
心已破碎，可别去碰它。

《碎瓶》将一只表面看来完好无损而实际却有一道几乎看不见裂隙的花瓶，比作因心爱而失却所导致的伤悲之心。该诗准确地把握了诗人细腻的心理感受，表现了诗人内心深处的悲哀与痛苦。自此之后，普鲁多姆又迫不及待地从他那只《碎瓶》中，倾倒出《孤独》《战争印象》《法兰西》《诗的遗言》等十几部著作。

他的这些著作无不渗透着一股浓浓的疑虑、哀伤和无边无际的精神渴求，以此来呼唤世界正义和人类理想。

从他的经历中，我们不难看出现实对他的锤炼和考验，因而他也用毕生精力来描绘现实。

普鲁多姆是 20 世纪世界文坛第一个幸运之子，他的幸运来自于他对理想主义以及唯美主义的追求。19 世纪中后期，法国文学中古典主义、浪漫主义倾向已经显示出苍白无力，但作为一种养分却滋润了普鲁多姆，使他在“巴那斯派”的土壤中茁壮成长。

“巴那斯派”是19世纪中后期流行于法国诗坛的一个唯美主义流派，这个诗派的诗人标榜在诗歌中要写出“真实的美”以及内质的精雕细琢。他们反对把诗歌作为单纯表现个人情绪的艺术形式，认为客观世界是诗歌的天堂，个人情绪应该隐藏在客观世界背后，而不是像浪漫主义那样，把诗歌作为陈列自己情绪的场所。他们主张诗歌要有严谨的结构，精确的语言，和谐的节奏和韵脚，最大限度地呈现诗歌的美感和音乐感。

普鲁多姆的文学才华，为他带来了多方面的收获。他不仅诗作成就很大，而且哲学研究也很有成就，后来他干脆用诗歌特有的语言来表现他的哲学思想。这种做法使他后期的诗歌创作发生了很大变化，主要表现在思想观念更为清晰，科学的理念融入诗中，故而赢得了“哲学、科学和实证主义诗人”的称号。

这，就是首届诺贝尔文学奖得主——普鲁多姆。

他作为诺贝尔文学奖的标杆，一直伫立到二次世界大战前夕。这一时期，诺贝尔文学所表现的内容，大多为爱情生活、风土人情、异国情调、童话历史、穷人苦难等。从主题思想看，多是对爱情生活的赞礼、对历史正义的讴歌、对美好家乡的热爱、对劳苦大众的同情等。如1909年获奖的拉格洛芙、1913年获奖的泰戈尔、1915年获奖的罗曼·罗兰均具有代表性。

⊙ 拉格洛芙：神话与传说赋予的灵感

任何一位卓有成就的作家，都有自己通向成功的独特秘诀。

瑞典女作家拉格洛芙亦不例外。与其他成功作家不同的是，她把神话和传说作为自己汲取创作灵感的宝藏，并以她与生俱来的丰富想象力和充沛情感，去透视物质世界以外的神秘世界。

拉格洛芙小时候与祖母和姑姑朝夕相处，经常听她们讲有关韦姆兰地区优美的神话和传说，在她幼小的心田播下了灵动的种子。

韦姆兰地区位于瑞典中西部，从挪威边境一直延伸到维纳恩湖，是瑞典最美丽的地区之一，境内有很多湖泊、河流、森林和牧场。可以想象，这里的神话和传说也一定美丽动人。

神话是“人在幻想中经过不自觉艺术加工的自然界和社会形态”，是人根据自己的现实经验以幻想和想象方式，对自然现象和社会现象所作的形象化解释。高尔基认为“神话乃是自然现象，对自然的斗争，以及社会生活在广大的艺术概括中的反映”。简言之，神话是客观事实在人脑中的一种特别的影像。它与原始人类认识世界和改造世界的实际水平相关联。当时的人类尚处在蒙昧状态，对变幻莫测的自然现象和自然力，诸如日月星辰、白昼黑夜、风雨雷电、生老病死等，都表现出无助的迷惑、惊异和恐慌。他们认定宇宙间一定有一种超自然的神秘力量主宰着自然界。在这种思想支配下，所有的自然物和自然力都被神化了。原始人类又不肯屈服于这种时刻威胁着人类生存的力量，渴望认识自然、征服自然。他们把这一愿望幻化成具体形象和生动情节，于是便有了神话。它是亿万年来人类发展的记忆，凝结着人类的生存经验和思想光辉，诉说着人类与天斗与地斗的辉煌业绩，颂扬着英雄人物在各个历史时期的伟大作用，它是史前人类的历史和人类童年的足音。

传说是民间口头流传的，具有一定真实意义的叙述。传说一般是口头传播的，都是较为远古的人或事，大都含有某些深刻的道理。神话和传说，具有理想主义和浪漫主义色彩，是人类走向文明的优秀遗产。拉格洛芙在丰沃的神话和传说中成长，注定她将成为超越前人的成功者。

果然，她的第一部作品《戈斯泰·贝林的故事》就显露了她的文学才华。这部作品以19世纪二十年代一位年轻牧师的遭遇为主要情节，素材的来源则是拉格洛芙幼年时代听父亲讲的庄园故事。该作品以强烈的怀旧感记录了庄园传统和生活习惯，抒发了作者的恋乡之情。

《戈斯泰·贝林的故事》一出版就成为畅销书，并把拉格洛芙推到了著名小说家的行列。接着，她又创作了《看不见的伤》《反基督的奇迹》《康卡赫拉的王后们》《耶路撒冷》《圣地》《假基督的故事》《传说的书》等。这些作品想象丰富、充满情爱和理想色彩，洋溢着生命的活力。在作品中，拉格洛芙像个孝女，十分珍视并承袭本国母语丰富的遗产，遣词造句精确纯正，表达清晰，具有音乐般的美感，这些都构成她作品的艺术特色。

1907年，是拉格洛芙文学创作步入辉煌的一年。这之前她受瑞典国家教师联盟的委托，为孩子们编写一部以故事的形式介绍地理、历史、生物和民俗等知识的教科书，这就是于1907年出版的《尼尔斯骑鹅旅行记》。这部以童话形式写成的书出版之后收到了意想不到的效果，很快风靡瑞典和欧洲，被人们誉为20世纪的安徒生童话。

这部作品讲述了一个淘气顽皮的小男孩尼尔斯骑鹅周游瑞典的故事。一个初春季节，尼尔斯被一个小精灵用魔法变成拇指般的袖珍人，从此他骑在鹅背上，与鹅群一起游历瑞典各地，历时18个月，经历了种种磨难，看到了奇峰大川、秀丽风光和形形色色的事物。通过尼尔斯的所见所闻，展现了瑞典人民从古到今的生活情景和美丽隽秀的大自然风光，并结合了大量的神话故事和民间传说。

从这些作品中，我们不难看出神话和传说给予拉格洛芙的滋养。而获取这种养分的拉格洛芙又形象生动地将其运用到文学创作中，从而使她的作品具有难以抵挡的震撼力和艺术感染力。

正是基于她巨大的文学成就，1909 年瑞典学院以“她作品中特有之高贵的理想主义、丰饶的想象力、平易而优美的风格”将诺贝尔文学奖授予了这位女作家。

⊙ 泰戈尔：民族土壤上的理想永恒

泰戈尔是人们最熟悉的印度作家，是亚洲第一位诺贝尔文学奖获得者。他涉猎的领域之多，著作之丰富，是近代作家群里极为罕见的，用著作等身来形容他的创作再恰当不过了。

他一生中，共写过 50 多部诗集、30 多部散文集、12 部中长篇小说、近百篇短篇小说、30 多个剧本、2000 多首歌词，还创作了 2000 多幅美术作品。此外，还出版有语言、文学、哲学、政治、历史、宗教和化学等方面的论著。

泰戈尔的创作，归结起来就是与本民族命运息息相通，载民族之道，树民族之威，为民族的解放而呐喊，在民族文化的土壤上实现自己的理想永恒。

泰戈尔于 1861 年出生在印度加尔各答市一个富裕家庭，其父是著名的宗教改革家和哲学家，家里经常聚集一些富于思想的知识分子，这给他的童年带来了极有营养的思想催生剂，对他以后的文学创作起到了不可估量的作用。

泰戈尔的童年时代，正值印度遭受英国殖民统治，他看到了英国殖民者横行霸道的行径，亲历了印度人民深受苦难的境遇。因此，他的文学创作大都是围绕着民族问题而展开的。

特别是进入20世纪以后，这种倾向更为明显。如他1900年出版的《故事诗》，大多取材于民间故事和宗教、历史传说，经过他借古喻今式的艺术再创作之后，使其变成反映印度人民民族自豪感和与殖民统治者作坚决斗争的政治信心，进而表达印度人民实现自决的强烈愿望，此书在印度一度被称为“广大青年的爱国主义教科书”。

泰戈尔还开印度短篇小说之先河，把它作为直面社会、揭示矛盾的一把犀利匕首。如他创作的《太阳与乌云》，愤怒地揭露了英国殖民主义者横冲直撞、欺压印度人民的罪行。他的《加冕》毫不留情地批判洋奴思想，提出了民族自尊问题。泰戈尔的短篇小说，在艺术上吸收了印度民间艺人的某些技巧，结构自然，语言朴实，人物活泼，具有很强的艺术感染力。

1905年，印度掀起了民族解放运动的第一次高潮，泰戈尔以诗为武器，鼓励人们用必胜的信心去战斗，从而赢得了广泛影响，有的爱国者甚至诵着他的诗走上断头台。

1907年以后，泰戈尔在创作上产生了一次大的飞跃，这时期的作品大都带有民族主义、民主主义的色彩。如他的长篇小说《戈拉》，以19世纪七八十年代的孟加拉社会生活为背景，以印度教青年戈拉、宾诺耶与梵教姑娘苏查丽达、洛丽塔的恋爱纠葛为线索，塑造了一位爱国知识分子戈拉的形象。戈拉是一位爱尔兰人的后裔，因宗教偏见与印度社会产生异见，后来在与情人一家的接触中，思想起了变化，并由衷地坚定了为印度效劳的决心。该作品在艺术上也有很明显的特点：优美的抒情格调，带动了叙事情节与人物内心的精彩展开；各色人物的交流对话充满思辨色彩；人物形象的鲜活超乎寻常。

泰戈尔还有一部最有影响力的诗集《吉檀迦利》，书名本意为“献诗”，即诗人献给自己心目中神灵的诗篇，他就是凭借着这部诗集摘取诺贝尔文学奖的。诗集宣扬了一种泛神论的观点，主要表现了他的民主思想，实际上这也成了他追求理想和真理的象征。瑞典学院这样评价他的作品：“富于高贵、深远的灵感，以英语的形式发挥其诗才，并糅合了西欧文学的美丽与清新”。

泰戈尔十分关注中国人民的命运。抗日战争时期，他义愤填膺地写下了声讨日本军国主义侵略中国的诗歌《射向中国的武力之箭》，愤怒地谴责日本侵略军在中国烧杀抢掠的战争罪行。他呼吁印度人民向中国提供物质援助，并带头捐款捐物。他的正义行动激发了印度人民支援中国抗日战争的热情。周恩来总理评价泰戈尔是“憎恨黑暗，争取光明的伟大印度人民的杰出代表”。

也有学者这样介绍泰戈尔：“他在这个时代走向更坚实的基础，便是要全球的人沿着和平之途走得更近一些，并致力于促成共同的责任感，使人类的力量用于越过海洋与陆地的间隔互相表达善意。”

⊙ 罗曼·罗兰：让我们呼吸英雄的气息

罗曼·罗兰是法国近代最伟大的传记作家之一，他的作品所宣扬的“高尚理想主义和描写各种不同人物时所具有的同情及对真理的热爱”，都十分滋润地营养了20世纪的读者。

他出生于法国中部高原的一个小镇上，其父是一位德高望重的绅士，母亲是一个虔诚的清教徒。少年时代，他随父母移居巴黎，毕业于巴黎高等师范学校历史专业。

他生活的年代是世界局势大动荡、大改组、大进步的重新组合阶段，这使他深刻地认识到人在历史潮流中的能动作用，特别是英雄人物在社会裂变中的推动作用。因此，他从上大学开始，就立志当一名历史小说家，为他所崇敬的英雄人物树碑立传。他认为："如果我做到了，那么……那么我活到 35 岁，就应当可以死而瞑目了，因为我已经施展出我的能力。"

然而，他开始的创作却是千回百转。

1898 年，从他的博士论文《现代歌剧的起源》被通过开始，他便投入到剧本创作之中，先后写出了《群狼曳》《理智的胜利》《丹东》和《七月十四日》。值得注意的是，这些剧本均以 1789 年法国大革命为题材，宣扬了人文主义思潮，表现了他倾向进步的思想。他把这些作品称为"革命戏剧"。

这些作品明显受到 18 世纪启蒙思想的影响，向往法国大革命，对下层人士表现出尊重和同情。这些作品触痛了法国统治阶层，他们指责罗曼·罗兰是个不安分的家伙，罗曼·罗兰为此很痛心，他疾呼："让我们把窗子打开！让我们把自由的空气放进来！让我们呼吸英雄的气息！"

从这时开始，他以 10 年为代价，创作了三部"英雄"传记——《贝多芬传》《米开朗基罗传》《托尔斯泰传》。

托尔斯泰是罗曼·罗兰的偶像。22 岁那年，他对法国统治阶层的丑恶深恶痛绝之时，便给托尔斯泰写信求教，托尔斯泰及时回信给予鼓励，这对他的人生观和艺术观的形成产生了很大影响。特别是托氏所弘扬的人文主义和艺术为全人类服务的思想，使罗曼·罗兰大获裨益，并引导他的创作走向成熟，其标志就是里程碑式的长篇巨著《约翰·克利斯朵夫》。

该作品"从克利斯朵夫呱呱坠地开始写起，直到他在心中高唱着你将来会再生的，现在暂且休息吧”的歌声离开人间为止。它是罗曼·罗兰在20世纪初期对社会的呐喊和呼吁，是对主人公反抗的、战斗的、追求自由的人道主义的赞美，也是对邪恶的、残酷的、没落势力的反抗和抨击。

《约翰·克利斯朵夫》是人类一部大气磅礴的史诗，它直接穿越物质层面进入精神领域，进行征服内心的战斗。全书充满着悬念、激情，被誉为“20世纪最伟大的小说”。

西方评论家认为：“这部作品还被称为‘音乐小说’，不仅音乐渗透到故事情节和人物性格之中，而且全书有着交响乐般的结构色彩和宏伟气势，一卷卷如同一个个乐章，环环紧扣，把人物的感情程序推向高潮，气势浩大，浑然一体，对广大读者有着经久不衰的艺术感染力。”

1914年，第一次世界大战爆发，罗曼·罗兰以极大的热情投入到为世界和平而呼号的行列中，并写了许多反战文章，如《超乎混战之上》《打倒偶像，解放灵魂》等，并且担任了国际反法西斯委员会主席，领导和参加了一系列维护世界和平与反对战争的活动。

1915年，罗曼·罗兰荣获诺贝尔文学奖，理由是“因为他是唯一的超乎混战之上的人”。罗曼·罗兰为此很感动，他在日记中写道：“如果这个荣誉有助于传播使法国在全世界受到热爱的思想，我将感到幸福。”

1917年，俄国十月革命爆发，罗曼·罗兰以同情的态度宣布：“我不是布尔什维克，但我认为布尔什维克的领袖是伟大的马克思主义的雅各宾，他们正在从事宏伟的社会实践。”然而，令罗曼·罗兰始料不及的是，随着斯大林的上台执政，苏联的社会实践开始走上了一条令人恐怖的道路——社会主义民主被个人专制所代替，人民的解放被极“左”的精神禁锢所取代，整个社会像一个惶惶不可终日的牢笼。

这期间，他怀着对苏联的失望创作了《韩德尔传》《甘地传》《赖马克里斯纳传》《雏佛根兰传》等。瑞典评论家索德尔曼认为："他对笔下人物的内心深处的奥秘洞察入微。他研究这些人物的性格特征，用无与伦比的心理描写手法，揭示他们的心灵，特别是对女性形象的描写，堪称一绝。"

随后，第二次世界大战爆发，法西斯主义弥漫整个欧洲，这使罗曼·罗兰非常气愤，他又一次坚定地站在正义一边，用实际行动投入了战斗。

1944 年 12 月 30 日，当和平曙光降临欧洲之际，当他的最后一部传记著作《佩圭传》出版之时，他便永远地离开了这个被战火糟蹋得支离破碎的世界。

第二章
对早期资本主义的反思

欧洲经过启蒙运动和两次工业革命，新思想新观念不断涌现，社会生产力空前发展。马克思在《共产党宣言》中说：“资产阶级在不到一百年的阶级统治中所创造的生产力，比过去一切时代创造的全部生产力还要多，还要大。”然而，随着新的生产关系的确立，社会已不再是贵族与平民、作坊主与手工业者的关系，而是资产阶级和无产阶级的关系。

资产阶级凭借资本优势，大肆巧取豪夺，积累了无穷财富。无产阶级虽然是财富的直接创造者，却日益贫困，受尽苦难。正如狄更斯在《双城记》中描写的那样，一位侯爵的马车压死了一个小孩，他大声呵斥孩子的父亲：“你为什么不看好你的孩子？你可知道这会伤害我的马吗？”孩子的父亲冲上去要与侯爵拼命，路边小酒店的老板赶紧拉住他，劝说道：“穷孩子这样死掉，比活着好，一下子就死了，不再受苦，如果他活着的话，能有一时的快活吗？”侯爵点点头，然后掏出一个金币往车外一扔：“你还可以阅读法国作家巴尔扎克的《高老头》、雨果的《悲惨世界》、左拉的《萌芽》，阅读美国作家德莱塞的《嘉莉妹妹》。”

可见，当时的欧洲社会有多少不公，多少罪恶，多少牺牲。正如马克思在《资本论》中说，资本家赚来的每一分钱的利润，都沾着劳动者的血和汗。

研究诺贝尔文学主题，有必要追溯这一时期的情形。因为，文学和其他事物一样，都有它产生的社会背景和历史必然。了解这些，就顺理成章地理解了诺贝尔文学作家为什么关注资本掩盖下的各种丑恶现象，并倾尽盖世才华予以批判。

一、“伏尔泰世纪”的欧洲现实

欧洲的17世纪和18世纪，是欧洲宗教专制最黑暗的200年。

正是在这一时期，欧洲经历了波澜壮阔的思想革命，特别是启蒙运动所导致的科学革命、商业革命和消费革命，更是成为近代欧洲文明产生的基础。

启蒙运动发生在18世纪的欧洲。最初在英国产生，而后发展到法国、德国和俄国，稍后，波及整个欧洲。法国是启蒙运动的中心。有人这样评价法国的启蒙运动：“倡导者将自己视为大无畏的文化先锋，并且认为启蒙运动的目的是引导世界走出充满传统教义、非理性、盲目信念以及专制的一个时期。”

法国启蒙运动领袖伏尔泰赤膊上阵，直接抨击教会专制，宣传自由和平等，其思想对18世纪的欧洲产生了巨大影响。后人评价说：“18世纪是伏尔泰的世纪。”

此外，这一时期的代表人物还有主张三权分立的孟德斯鸠，百科全书派代表人狄德罗，提出天赋人权和社会契约的卢梭，著名哲学家康德等。

启蒙运动的“同志们”，用政治自由对抗专制暴政，用信仰自由对抗宗教压迫，用自然神论和无神论来摧毁天主教权威和宗教偶像，用“天赋人权”来反对“君权神授”，用法律面前人人平等来反对贵族特权。

随着启蒙运动的深入，人们的思想观念越来越开化，欧洲社会出现了许多新兴事物，张扬个性成为这一时期的主要标志。如 18 世纪欧洲流行的男人穿礼服长衣、带三角帽、穿天鹅绒短裤、持手杖挂佩剑，女子穿钟式裙、紧身胸衣、高跟鞋等，所有这些，都是思想解放的外在体现。

这种情景很容易让人联想到三十多年前的中国，那时候刚刚改革开放，一股强劲的西风吹遍祖国大地，年轻人烫卷发、穿喇叭裤、带蛤蟆镜、跳华尔兹，使整个社会出现了一种前所未有的风尚。

思想大解放，必然带来生产力大解放。

伴随着启蒙运动汹涌而来的是一场史无前例的工业革命。这场革命发起于 18 世纪的英国，它以蒸汽机改良推动机器的普及为标志，促进了交通运输、工厂机械化的革新，开创了以机器代替手工劳动的时代。

这是一场深刻的社会变革，有效推动了经济领域、政治领域、思想领域、文化领域、世界市场等诸多方面的变革。

但是，这场革命也使得欧洲列强把世界各国当做盘中餐，大肆抢占殖民地，剥削各国人民，掠夺生产资料，加剧了当地人民的贫困落后，也使东方从属于西方。

此外，工业革命所导致的生态失衡、环境污染、资源浪费、贫富不均、巧取豪夺、残酷剥削、贪污腐化、道德沦丧、阶级矛盾等问题，成为人类的祸害，甚至出现了大规模的暴力事件和战争。

100多年前的欧洲就是这番景象，一方面生产力高速发展，一方面环境恶化、社会腐败、各种矛盾凸显。这种二律背反现象，是市场经济的必然结果吗？

文学作为历史的记忆，必然如实描述这些曾经发生过的令人类不安的事实真相。欧洲文学没有逃避这种责任，它留给后人的鸿篇巨制，已经毫不留情地将这些丑恶牢牢地钉在了历史的耻辱柱上。

二、“巴尔扎克时代”的欧洲文学

巴尔扎克生活在19世纪的法国，他亲历了法国社会在启蒙运动和工业革命推动下摧枯拉朽的变革过程。在这个过程中，各种矛盾盘根错节，利益阶层相互冲撞，各色人等纷纷登场，演绎了一场现实版的活报剧。

社会是一个偌大的舞台，文学是这个舞台的敏感神经，是对这个舞台的关照和批判。巴尔扎克准确把握了这个舞台的戏码，并向人们展示了这个舞台所演绎的《人间喜剧》。

巴尔扎克并不是孤立的存在，与他同时关注现实法国的作家还有司汤达、雨果、小仲马、乔治·桑、福楼拜、左拉、莫泊桑等。他们与巴尔扎克一样，把敏感的嗅觉伸向这个舞台，并创作了许多经久不衰的世界名著，如中国读者比较熟悉的《红与黑》《茶花女》《包法利夫人》《安蒂亚娜》《萌芽》《羊脂球》等。

这里，我们重点介绍巴尔扎克。

巴尔扎克是19世纪法国现实主义文学代表性人物。他在世时，还没有“现实主义”这种称谓。因为一种文学流派的确立，总是晚于文学创作。

“现实主义”一词的出现和使用，始于19世纪五十年代，以福楼拜的《包法利夫人》出版发行为标志，“现实主义”正式开门立户，成为一种影响深远的文学流派。

这一时期的现实主义文学，大都反映贵族阶级的崩溃和资产阶级兴起的过程，揭露资本主义内部的种种矛盾，描写资本主义社会的金钱罪恶，反映下层人民的痛苦生活。

巴尔扎克把法国现实主义文学推至高峰，恩格斯称之为“现实主义的最伟大胜利之一”。他的伟大之处在于他有很强的怜悯意识，他倾尽毕生精力创作的《人间喜剧》，描写了从拿破仑帝国、复辟王朝到七月王朝这一历史时期法国社会的不同阶级、不同身份、不同职业、不同活动场所，使作品成为一个由两千多个人物构成的广阔的社会画面，从中折射出“资本”这一怪兽对下层人民的盘剥和压榨，以及它给社会给大自然带来的伤痕。

我们从《欧也妮·葛朗台》中可见一斑。

葛朗台是法国索漠城富有的商人。他原是一个箍桶匠。40岁时娶了木板商的女儿，买下了区里最好的葡萄园。他向革命军承包葡萄酒，捞了很多钱。后来又从岳母、妻子的外公、自己的外婆处得到三笔遗产。

葛朗台精明狡猾，他搞投机买卖，预算总是“精确得好比天文学家”。论起他的发财本领，“葛朗台先生像猛虎，像大蟒。他懂得躺着、蹲着，耐着性子打量猎物，然后猛扑上去，打开血盆大口的钱袋，把成堆的金币往里倒，接着又安静地躺下，像填饱肚子的蛇，不动声色地、冷静地按部就班地消化吞下的食物”。在做交易时，他讨价还价，装口吃，期期艾艾，把对方弄得晕头转向而陷入他的圈套，结果他让别人吃了亏，自己讨得了便宜。

直到快咽气时，还不忘叮嘱拿侬将自己身上的毯子“抓紧，抓紧了，别让人偷走”。他一旦有力气睁开眼睛，便把眼珠转向藏着他的金银财宝的密室房门，并不停地问女儿：“它们还好吗？还在吗？”当女儿应他要求放了几枚金路易在他面前时，老头儿就像刚学会看东西的孩子傻盯着同一件东西，定睛看那几枚金路易，一看就是几小时；神父来给他做临终圣事，他那双显然已经死去几个小时的眼睛，一见银制的器皿，忽然复活，目不转睛地盯住这些圣器，鼻子上那颗肉瘤也最后地动了一下。当教士把镀金的受难十字架送到他的唇边，让他吻吻上面的基督时，他做了一个吓人的动作，想把它抓过来，而这最后的努力耗尽了他的生命。老头最后吩咐女儿的话是“把一切管得好好的，以后到那里向我交账”。

小说以吝啬鬼葛朗台的家庭生活和剥削活动为主线，以欧也妮的爱情和婚姻悲剧为中心事件，层层剖析了葛朗台的罪恶发家史和泯灭人性的拜金主义，描写了资产阶级暴发户发家的罪恶手段，深刻地揭露了资产阶级的贪婪本性和资本主义社会人与人之间冷酷无情的金钱关系。

一部作品之所以传世，很大程度上在于它的真实性和深刻性。正当读者期盼他续写《人间喜剧》的精彩之时，巴尔扎克离开了人世，时间是 1850 年 8 月 18 日。

听到噩耗，文学大师雨果站在法国巴黎的蒙蒙细雨中，面对成千上万哀悼者慷慨激昂地评价道：“在最伟大的人物中间，巴尔扎克是名列前茅者；在最优秀的人物中间，巴尔扎克是佼佼者之一。”

三、萧伯纳对现实的批判

之所以要介绍 19 世纪的法国现实和文学图景，是因为文学的生命基因具有遗传性，任何一种文学流派都不是天上掉下来的，都是继承前人拓展未来的结果。

这需要作家的独立人格和观察思考能力。

萧伯纳便是一个典型代表。

他从前人那里吸收了太多太多的文学营养，在批判现实的同时，也树立了自己的文学观。他甚至声称自己“是一个普通的无产者”，“一个社会主义者”。他主张用渐进的方法改变资本主义制度，反对暴力革命。

萧伯纳也是一位很难界定的作家。

他出生在爱尔兰，却生活在英国。他先写小说，后又创作戏剧。他对西方世界表示不满，又对东方文明保持距离。所以，列宁说他是“堕入费边主义者中间的一个好人”。

费边主义是19世纪后期流行于英国的一种改良主义思潮，鼓吹社会和平、反对暴力革命，主张通过渐进的方式实现政治清明。因为这种思潮契合了公元前3世纪古罗马著名统帅费边的“缓进战术”理论，故以费边的名字命名。费边主义思潮正确与否，时代已经作出了检验，这里毋庸赘述。

遗憾的是，萧伯纳这个“好人”还未等到检验结果出笼，就于1950年去世了。

他在这个世界上遭遇了太多的麻烦，出生时正赶上欧洲政局动荡不安，他的童年更是不幸，先是父亲经商失败，后是母亲离家出走。被逼无奈的萧伯纳，中学刚刚毕业就眼巴巴地望着大学校门，一步三回头地走向了社会。20岁那年，他投奔在伦敦谋生的母亲，在那里他阅读了大量书籍，参加了各种文学会议和辩论，这对他日后的文学创作产生了深远影响。

1879年，萧伯纳创作了第一部长篇小说《未成年时期》，大概也是小说不太成熟的缘故，出版商拒绝出版该书。这使萧伯纳陷入了苦闷，恰在此时他读到了正在欧洲风行的《资本论》，这部论著反映了当时欧洲民众的思想情绪，也反映了正在迷惘中的萧伯纳的渴求。他欣喜地说：“马克思使我对于历史和文化事件，张开了眼睛，给我一种完全新鲜的宇宙观，使我在生活中有了一个目的和一种使命……从那时起，我才成为这个世界上有事可做的人了。”

萧伯纳是一位具有独立人格的思想者，他虽然在马克思那里找到了突破口，却没有按照马克思指引的路走下去，而是毅然加入了反对暴力革命、主张和平渐变的费边社，并成为骨干分子。1883 年，他出版的小说《业余社会主义者》，集中阐述了他的政治理念。小说对当时社会进行了尖锐批判，并为这个病态的社会开出了一剂太过温和的药方，指望在他的良药滋补下社会病垢有所消退。但是这个业余社会主义者的主张实在是太业余了，他不但没有改造现实社会，反而被现实社会改造成了伦敦市参议员。

1888 年，是萧伯纳文学创作的转折点。这一年，他受马克思的女儿爱琳娜之邀，参加易卜生《玩偶之家》的演出。从此，他对易卜生产生了兴趣，并写出了重要戏剧论著《易卜生精华》，在书中他提出了反对为艺术而艺术，戏剧的使命应该是关注现实社会中迫切问题等观点。

为了实践这些观点，35 岁的萧伯纳毅然开始了戏剧创作。

1894 年，他的戏剧代表作《华伦夫人的职业》问世。主要情节为：华伦夫人为了摆脱贫困，过上“体面”生活，不惜出卖自己的色相和别人的色相，在几个国家经营娼妓旅馆，她的女儿大学毕业后惊悉其母的可耻行为愤然出走，靠自己的正当劳动谋生。剧本深刻揭露了病态社会的“体面”是建筑在大众痛苦之上的实质。因此，当局禁演该剧长达 30 年之久。这一时期，萧伯纳还创作了《鳏夫的房产》《荡子》《武器与人》《康蒂妲》《风云人物》《难以预料》等作品。

这些作品，从本质上都是对资本主义丑恶面目的揭露和批判。遗憾的是，批判得不够彻底，揭露得不够深刻。所有这些，都源于他对资本主义心存幻想。

20 世纪初，萧伯纳的思想日趋复杂，这一时期他创作的《人与超人》《巴巴拉少校》《伤心之家》等戏剧作品，对现实的批判明显减弱，并认为西方社会的不合理不是剥削制度，而是人的潜能得不到发挥。

此后，他转入历史题材的创作。

1923 年，他的晚年力作《圣女贞德》横空出世，这部历史剧演绎了法国一位女青年在英法战争中领导农民反抗英军的历史故事。诺贝尔文学奖评委们认为，《圣女贞德》“显示了作家的最高能力。尤其在舞台上，这种能力得到了最为充分的表现，剧中所有最有价值、最重要的内容都得到了应有的突出，显露了真正的分量，甚至包括那些可能引起反对的部分”。

基于他的文学成就，1925 年，瑞典学院以“有理想主义和人道精神，其令人激动的讽刺往往浸润着独特的诗意之美”为由，授予他诺贝尔文学奖。

萧伯纳的获奖当之无愧。

他是欧洲 20 世纪批判现实主义文学的代表人物，是英国最伟大的戏剧家和批评家。他和他同时代的霍普特曼、托马斯·曼、斯坦贝克等构成了一幅欧洲近现代批判现实主义的文学景观。

⊙ 霍普特曼：救赎的信念和曙光

霍普特曼出生在德国一个小业主家庭。

1862 年，德国社会正处在一个波澜壮阔的转型时期，他的童年也是在动荡不安的社会环境中度过的。贫穷使他经历了几次辍学，15 岁那年便加入了农工行列。这一段不平凡的人生经历，让他从人之初就把生命的根须牢牢地扎在了大众之中。他看到了太多的人间冷暖，体验了太多的苦辣酸咸。

庆幸的是，艰苦的生活和处境并没有埋没这位文学天才。他在劳动之余写诗作画，很快便在文坛崭露头角。后来被一位偶见的“伯乐”相中，把他推荐到一所艺术学校去学雕塑。接着他又到耶拿大学旁听了一个学期的艺术课，这成为他命运的转折点。

在社会底层生活的那段时间给他留下了深刻烙印，并影响了他一生的创作。

1883 年，霍普特曼专程做了一次体验性的欧洲漫游，旖旎的风光时刻撞击着他的灵感。不久，他便在罗马建立了一个雕塑工作室，而且显示了他在此领域的艺术才华。但很快，他发现雕塑虽然对艺术形象的塑造显而易见，而对内心的展示却有着无可弥补的缺憾。因此，他毅然告别了这个他认为局限心灵发展的领域，一头扎进了广阔的文学天地。

他最先创作的作品是小说《斋戒月》和《巡路工提尔》。随后，又完成了剧本《日出之前》的创作。该剧本写的是乌托邦主义者阿窑洛特和酒徒之女海伦娜之间的爱情故事。由于剧本的思想来源于自然主义血统论，因而该剧的缺陷也就无法避免，但它标志着霍普特曼戏剧生涯的正式开始。

也是从这时起，他对自然主义文学观有了深刻反省，认为自然主义作为一种文学流派已经无法实现他揭示社会的夙愿，必须转过头来向现实主义求救。这个重大转折的标志就是第二个剧本《和平节》。此后，他又创作了《寂寞的人们》。从此，现实主义成为他戏剧创作的一条康庄大道。

现实主义是 19 世纪 30 年代以后，在欧洲文学艺术中取代浪漫主义而占主导地位的一种主要文艺思潮和运动。它与自然主义一样，提倡客观地观察现实生活，按照生活的本来样式精确细腻地加以描写，力求真实地再现生活和自然。它们的区别在于，现实主义通过典型化手法反映具有内在必然联系的真实的客体，而自然主义所反映的则是缺少艺术含量的没有经过修饰的自然片断。

霍普特曼显然汲取了现实主义的养分，在后来的十几年时间里，他均以现实主义手法，将自己眼中的世界搬上了舞台，创作出《织工们》《獭皮》《汉娜的升天》《沉钟》《而比帕的跳舞》《凯撒大帝的人质》《鼠》等 40 多部剧作。

其中，最有影响力的作品当属《织工们》。该剧是霍普特曼的代表作，被看做是德国戏剧发展史上的里程碑。它以西里西亚纺织工人 1844 年起义斗争为背景，塑造了一个反抗者的英雄群体形象，谴责了黑心的剥夺者和暴政者的罪恶。该剧一公演便受到了广大观众的喜爱，它给人们带来了信念和曙光，使人们看到了救赎的希望——

> ……
> 这儿的人受着长期的虐待，
> 这儿是拷问的大刑庭，
> 处处都听到唉声叹气，
> 证明着我们的不幸。
> 茨万齐格老板是刽子手，
> 他们的家仆是帮凶，
> 一个个趾高气扬地欺人，
> 一点也不肯通融。
> 你们这些流氓，魔鬼的子孙！
> 你们这些凶狠的恶棍！
> 你们把穷人的财产耗光，
> 你们总要受到报应。
> 你们是一切困苦的根源，
> 你们在这儿欺压穷人，
> 连一片薄薄的干面包，
> 你们也不让他们吃得安心。
> 不管什么时候，你们
> 只要有最好的肉到嘴，
> 哪怕穷人们啃着马铃薯，
> 你们哪会想到我们受罪！
> ……

这首西里西亚纺织工人之歌，真实地描述了当时纺织工人的生存状况。马克思在《评普鲁士人的普鲁士国王和社会改革》一文中曾称此歌为“一个勇敢和战斗的呼声”，霍普特曼在《织工们》第二幕中引用这首歌的前几节。

《织工们》的巨大成功，为霍普特曼赢得了荣誉。牛津大学授予他荣誉博士学位，奥地利先后三 次授予他格兰巴策奖金，美国文学艺术院授予他荣誉院士称号。

1912 年，瑞典学院授予他诺贝尔文学奖，理由是“表彰他在戏剧艺术领域中丰硕、多样而又出色的成就”。

霍普特曼的作品最突出的特色还在于他对人物内心有敏锐的洞察，使剧中人物不论大小，都有血有肉，惟妙惟肖，不像有的作家，只会用概念化的角色来扮演某种思想的傀儡。最值得赞叹的是，他描写人世阴暗面的时候，不会忽略人性的尊严。这是瑞典学院常任秘书希尔德布兰德对他的评价。

⦿ 托马斯·曼：德意志民族的天之骄子

德意志民族是一个以理性著称的民族，涌现出许许多多靠理性思维观察世界、研究心灵的思想家，如康德、费希特、黑格尔、叔本华、费尔巴哈、马克思、恩格斯、尼采等等。

令人费解的是，众多理性思想家的努力却没有铲除非理性狂人生长的土壤。

正当思想家们的理性成果繁荣发展的时候，非理性狂人俾斯麦的政治狂热也在升腾。1848 年，俾斯麦出任普鲁士首相后，利用普鲁士的经济优势，发动了大规模的流血战争，首先击败丹麦和奥地利，成立北德意志同盟。1871 年，俾斯麦生擒吹嘘“到柏林军事散步”的拿破仑三世，并在巴黎凡尔赛宫宣告德国统一。

恰在俾斯麦于凡尔赛宫大摆庆功宴的时候，德国北部的卢卑克市诞生了一位伟大的现实主义作家——托马斯·曼。

托马斯·曼的父亲是粮食批发商和国会议员，母亲是一位有着拉丁美洲血统的贵族后裔。父亲的刚毅与母亲的浪漫形成了他幼年生活的主色调。他在这个主色调的影响下，艺术天分开始显现，绘画、钢琴样样喜爱。

在他与他的艺术天分茁壮成长之时，俾斯麦的铁血政治摧毁了他富足的家庭生活。起初是父亲的去世，而后是家族企业在家庭成员争夺父亲的遗产中败落，这一年他16岁。

看着家庭不息的战火，他伤心至极，第二年就离开了家乡到慕尼黑居住，在那里他读完了高中，时间是1894年。

高中毕业后的托马斯·曼，没有了家庭的经济资助，被迫到一家保险公司打工，同时在慕尼黑大学旁听历史、美学和文学。艰苦的生活培养了他的韧性，使他有了明确的人生目标——文学创作。

1894年，他发表了处女作《堕落的女人》。该小说讲述了主人公泽尔顿在恋爱中被女友欺骗而理想破灭的故事。这部作品发表后，引起了强烈的反响，还得到了文学大师代默尔的赞许，这使他受到巨大鼓舞。紧接着，他又创作了中篇小说《幸福的意志》，表达了对人的生理、心理以及精神的关注。

这期间，他认真研读了哲学家叔本华、尼采、瓦格纳和文学家海涅、托尔斯泰、陀思妥耶夫斯基的著作，从中汲取了丰富的思想和文学营养，这在他以后的作品中显露无遗。

1896年，他与同胞哥哥——同样著名的现实主义作家亨利希·曼，结伴游历意大利。那里的历史文化资源和旖旎的自然风光让他产生了创作灵感，他开始构思和创作给他带来巨大荣誉的长篇小说《布登勃洛克一家》。这部小说是一部描写一个大家族兴旺衰落的挽歌式作品，被誉为德国富人阶层的一部具有经典思想主题的“心灵史”。小说通过富商布登勃洛克一家的创业史，反映了商业社会利益争夺的残酷，以及利益对人性的扭曲，无情地批判了浮华背后的种种丑恶和利益掩盖下的尔虞我诈。

西方评论界认为：“作品清晰地揭示了深藏在表象下面的生活实质，它气势豪放而绝未流于粗野，并笔触轻盈地描写了许多细微的事物；它是悲伤和严肃的，但绝不令人沮丧压抑，因为作者的揶揄才智以彩虹般的折射力，使作品渗透着一种冷静的、深刻的幽默感。”

《布登勃洛克一家》于 1901 年在德国出版，很快风行欧洲，随之他的名声也日益显著。1929 年，他凭借这部作品敲开了瑞典学院的大门，以“他日益被公认的当代文学的经典之一的伟大小说《叶布登勃洛克一家》”荣获诺贝尔文学奖。

托马斯·曼一生经历了两次世界大战，他的世界观和创作思想经受了时代严峻地考验。第一次世界大战之后，他曾以“德意志精神文化”护卫者的身份，为狂热的战争挑起者德国辩护，这是他人生旅程中一块难以抚平的硬伤。好在他醒悟得比较早，并在“二战”爆发之前发表了著名演说《论德意志共和国》，从此转变成为著名的民主战士。

托马斯·曼的创作生涯长达 60 多年，文学成就十分丰厚。除上述作品外，还著有长篇小说《魔山》、中篇小说《马利奥和魔术师》、短篇杰作《沉重的时刻》等数十部作品。

第二次世界大战前夕，他受到希特勒的威胁，被迫流亡瑞士和美国。期间，他通过《圣经·旧约》中有关约瑟夫的故事，创作了长篇巨著《约瑟夫和他的兄弟们》四部曲——《雅阔布的故事》《年轻的约瑟夫》《约瑟夫在埃及》《赡养者约瑟夫》。这部作品高调歌颂了犹太人的高尚品质，严厉驳斥了希特勒鼓吹的种族主义谬论。

“二战”结束后，他又先后创作了《浮士德博士》《被挑选者》等多部作品。

1955 年，这位伟大的作家在接受了联邦德国授予的国家最高勋章之后，便永远离开了这个世界，终年 80 岁。

⊙ 斯坦贝克：打捞人类的黑暗与阳光

上帝对亚当和夏娃偷吃禁果的惩罚，全部兑现到了人类身上，给人类的光明前景投下了太多的黑暗。

纷争、抢掠、战争、杀戮以及暗无天日的暴政使人类成为自己最大的危险，这种自己毁灭自己的行为所造成的惊恐已经到了无以复加的地步。人类在与这些灾难的抗争中所形成的精神与力量，也像阳光一样始终温暖着漫漫前行的人类。

文学作为人类前行的号角和引力，有责任把那些黑暗而危险的噩梦打捞在阳光之下，把那些脆弱而绝望的噩梦发动者平摊在人类的视线之中，把那些踏着噩梦前行的人类精神播撒到人类之涯，从而唤醒人类夺取原先归之于神的力量，勇敢地寻求神的责任和智慧去剔除人类给自己造成的最大危险，张扬人类给自己创造的无限希望。

约翰·斯坦贝克显然深谙文学之要义，并用自己的创作坚定地践行文学理想。他通过小说中的人物这样说道：“到处都有我的存在——你在任何地方都能看到我。凡是有饥饿的人们为了吃饭而进行斗争的地方，就有我在场。凡是有警察打人的地方，就有我在场……当人们愤怒地叫喊的时候，这叫声里就有我。当饿着肚子的孩子们高兴地有丰盛晚餐吃的时候，当我们老百姓能吃到自己种的粮食、住进自己造的房子的时候——都会有我在场。”

这是作者散落在1939年出版的长篇小说《愤怒的葡萄》中的心愿，是对人类悲剧强烈的反抗。该作品以20世纪三十年代美国俄克拉荷马州破产农民为描写对象，以深沉的笔触叙述了他们如何怀着悲苦的心情远离家乡，来到加利福尼亚州寻求出路，而等待他们的却是失业和饥饿，写出了在商品经济社会中穷苦农民的愤怒呼声。作品出版后引起了美国各州权力阶层的恐慌，许多州禁止这部小说发行，甚至有一本名为《快乐的葡萄》的小说出版反驳。但一切荒唐的举动都无法动摇《愤怒的葡萄》在美国现代文学中的重要地位。为创作这部小说，他曾跟随俄克拉荷马州的农民流浪到自己的故乡加利福尼亚州，沿途所见“有五千户人家饿死，问题十分尖锐……”他的心着实被刺痛了。

斯坦贝克之所以表现出强烈的平民意识，在于他有着丰富的社会底层生活经历。他出生在加州萨利纳斯镇的一个农民家庭，那里优美的乡村和牧场景色陶冶了他热爱自然、田野和农民的情感。特别是大学毕业后的10年里，他体验了泥水工、油漆匠、药剂师、保安员、测量员和苗圃工的艰辛，进一步强化了他的平民意识。

20世纪二十年代末期，他的第一部作品《黄金杯》出版，这是一部以浪漫的笔调叙述著名海盗摩根生活经历的小说，该作品的最大功绩是激发了他创作的灵感，接着他又发表了以描写家乡人们的生活情景为题材的短篇小说集《天堂牧场》和一部长篇宗教小说《献给无名神》。这些作品的出版没有给他带来任何经济上的好处，他的生活仍然在流浪和困顿中度过。

1935年，他凭着顽强的创作毅力和高超的艺术表现手法，创作了长篇小说《煎饼坪》，这部作品笔调粗俗幽默，生活气息浓郁，被作者看成是人类纯真的标本。此后他又连续出版了长篇小说《未定的战局》《鼠与人》以及《愤怒的葡萄》等，这一时期的作品代表了他一生创作的高度，体现了他关注人类进步的大情怀。

第二次世界大战期间，他曾经作为战地记者穿梭于欧洲战场，先后创作了一些有关战争题材的作品，如《月亮下去了》《一个轰炸机分队的故事》《俄国人的日记》《仅有的战争》等。

此后，斯坦贝克的作品开始走下坡路，被人讥讽为“江郎才尽”。尽管如此，瑞典学院的评委们还是没有忘记这位具有文学理想的大师，1962 年终于将诺贝尔文学奖颁给了他，理由是“通过现实主义的、富于想象的创作，表现出富于同情的幽默和对社会敏感的观察”。

获奖 6 年后，斯坦贝克因心脏病在美国纽约去世，享年 66 岁。

第三章
对战争与和平的叩问

在 20 世纪的历史记忆中，战争如影随形，给人类带来了空前灾难与恐惧。捕捉战争主题，描写人类面临的危困与命运，成为诺贝尔文学一大主题。

如海明威的《永别了，武器》、伯尔的《列车正点到达》、拉格奎斯特的《握紧的拳头》以及丘吉尔的《第二次世界大战回忆录》等，都从不同侧面描写了战争对人类生命的戕害和对人类文明的摧残。夸西莫多甚至发出怒吼：“可怜的手 / 你依然在城市中摸索 / 城市已经死亡 / 它是一座死城啊 / 纳维里奥河畔 / 响过了最后一声爆炸 / 黄莺从教堂 / 高高的天线上坠落 / 带走了日落前婉转的歌喉。请别在院子里挖掘井水了——/ 生者再也不觉得干渴 / 请别触动死者 / 他们沾满鲜血，又浑身浮肿 / 让他们安息吧 / 在他们家园的土地上 / 城市已经死亡，已经死亡。”

一、炮火硝烟中的20世纪

战争就像人类的影子，羁绊着人类前行的脚步。

它既是和平的维护者，也是和平的破坏者。它在正义者手中是神灵，在邪恶者手中是魔鬼。因此，我们不能笼统地反对战争，也不能笼统地歌颂战争。

但是，无论是正义战争，抑或非正义战争，都是以牺牲和平环境、牺牲人类生命、牺牲各种资源为代价的。所以，我们的祖先早就告诉我们："兵者，国之大事也。死生之地，存亡之道，不可不察也。" 意思是说，战争是国家大事，关系到国家的生死存亡，不能不认真考虑和对待。

反观我们近年拍摄的一些抗日神剧，总有些让人哭笑不得的感觉。在战争观上，它们盲目歌颂战争，煽动仇恨，而不是通过反思战争，播撒和平的种子，培养爱的情感。在表现手法上，它们采取虚无主义的态度，将一个很重要的历史事实，表现得如此随意、如此荒唐、如此不堪入目。

这是对历史极端不负责任的行为。

战争是规模性、毁灭性的劫难，人类用几分钟时间就可以毁掉一座千年古城，日本广岛不就是这样被毁灭的吗？一颗原子弹，夺走了 20 多万生命，财产损失不计其数。更为严重的是对后人的影响，记得日本作家大江健三郎曾经调查过广岛原子弹爆炸情况，走访过许多爆炸中的幸存者，也耳闻了数十万计的生命死于非命的惨景，并据此创作了长篇三部曲《熊熊燃烧的绿树》《核时代的森林隐遁者》和《广岛札记》。书中对核的恐惧随处可见。

人类最大的不幸，就是发明了杀死自己的战争。

据瑞典的一项统计，从公元前3200年到公元1964年的5164年间，和平时期只有329年，占6.4%。

据前苏联的一项统计，从公元前1496年到公元1861年的3357年间，有3130年是在战争中度过的，而铸剑为犁的时间只有227年。

还有一项统计，公元20世纪的100年，局部战争以上的时间是99年，和平环境只有一年。

有这样一组数据，可以窥见战争的残酷：第一次世界大战，有30多个国家和地区的15亿人口卷入其中，伤亡人数达3000多万；第二次世界大战，有61个国家和地区的20多亿人口卷入其中，参战兵力超过1亿人，大约9000万士兵和平民伤亡，3000多万人流离失所；朝鲜战争总死亡人数57万，仅美国就损失了3400亿美元。

面对战争这个恶魔，我们没有狂热歌颂的资本。特别是中华民族，我们虽然有五千年的文明史，但老百姓真正吃饱肚子的日子，不过40年。难道我们已经吃撑了吗？非要怒吼着在南海跟美国决斗，在东海跟日本决斗？我想，这不是中国梦应有的内容。老一辈政治家邓小平早就给我们定下了“韬光养晦”的对外政策，这个政策的好处在于，当我们还不那么强大的时候，必须像小学生一样埋头苦干，发展自己。

我们的文学巨匠们早就看清了战争的本质，对战争始终给予全面地揭露和批判。

马尔克斯在接受诺贝尔文学奖的答谢辞中说："一些经济最繁荣的国家，积累了强大的破坏力量，其威力不仅可以毁灭当今所有人类，就是把曾经生存在这个不幸的星球上的所有生物聚集起来，这些武器的力量也足以把他们全部摧毁一百次。"

我仰慕的文学大师福克纳，1949 年在领取诺贝尔文学奖时曾经说过："我拒绝接受人类的末日。"我明白，他在 60 年前拒绝接受的那种大悲剧，在今天科学昌盛的时代，是极易发生的，而自生命起始以来，人类还是首次拥有这样强大的摧毁力。如果我不充分体认这一点，我会认为自己没有资格站在他曾经站立的这个地方。自有人类以来，拥有这种武力似乎只是一种可望而不可即的梦想。然而我们这些作家，在面对此种可怕的现实之际，有责任呼吁赶快建立另外一种理想。我们希望在这种新的乌托邦里，没有任何人可以决定他人应该如何死亡。大家可以享有真实的爱情，人人可以追求幸福。

我们必须警惕人类的恶行泛滥，严防人类自己毁灭自己。

二、世界文学的战争观

无可回避，20 世纪以来人类经历了太多的战争，可恶的达摩克利斯之剑挥舞之处，残酷地扼杀了人类的幸福与安宁。面对如此现实，特别是面对两次世界大战，富有责任感的作家们不可能无动于衷。海明威说得好：对重大历史问题，作家不能说谎。

许多作家勇敢地站出来，为正义与和平而战。西蒙的《弗兰德公路》、斯坦贝克的《战地随笔》、塞拉的《蜂巢》、聂鲁达的《如果白昼落进……》、夸西莫多的《我的祖国意大利》、塞弗尔特的《泪城》、加缪的《鼠疫》……都是人类最具良知的呐喊，都是对战争的揭露和鞭挞。

《弗兰德公路》描写了“二战”后的一天晚上，法国骑兵乔治与他的堂嫂——已故骑兵上尉雷谢克的妻子高丽娜幽会，但乔治突然回想起了堂兄雷谢克率领队伍在弗兰德公路上与德军浴血奋战，最后英勇牺牲的情景。乔治始终纳闷雷谢克为何在生死攸关的紧要关头迎着子弹而上，他很想揭开这个谜底。随着情节的展开，迷雾一层层褪去，发现雷谢克早就知道了他妻子高丽娜与人私通，为了保留贵族的尊严，雷谢克主动牺牲了自己的生命。该小说通过各种互不相干的场景、语言、动作、记忆来探讨“深在的真实”，在近百个长短片断组合的画面中融进了高超的绘画艺术，使小说主题展现得更加深刻。它不仅反映了战争对大自然的破坏、人的异化、人与人之间关系的畸形，也反映了死亡的阴影、战神的狰狞、饥寒的折磨、爱情的渴求、情欲的冲动、土地的抽搐等。

小说主人公对战争的思考和认识，实际上也是作者对战争的思考与认识。斯坦贝克的《战地随笔》也充分证明了这一点。

《战地随笔》真实地描写了美国军队在“二战”中抗击德国法西斯的英勇事迹，详细刻画了战士们在战争中本能的恐惧、情欲、思乡等心理反应。该作品将读者带到了血雨腥风的战场，使读者感受到战争的残酷和无情。

斯坦贝克的真实书写，为读者带来了身临其境的感受，而这种感受正是文学作品的力量所在。斯坦贝克对此有着深刻体会。他说，端正创作态度是真实书写的关键。其一，美国军队里既有勇敢者，也有胆小鬼；既有高尚者，也有卑微者：这就是美国的强大的军队。其二，我们既有残暴而愚蠢的指挥官，也有文明而智慧的指挥官。如果说有我们参与其中的这一乌合之众要惨遭失败，这不仅早就可以预见到，而且想夺取胜利的重大战略居然有赖于此。其三，要恪守的规矩是：500 万正常的、年轻力壮的、性欲旺盛的士兵，在“一切为战”时期仍然保持着好色的积习。

作者之所以没有沿着“高大上”的原则描写战争，是因为战争的全貌并非如此，他认为只有实事求是地描写，才有可能激起人们更深刻地反思战争，更准确地把握战争对人类心灵的伤害和对人性的扭曲。

这是战争文学的一个高度。塞拉的《蜂巢》不仅描写了战争对人类心灵的伤害，更描写了伤害的深度和广度。小说以冷峻的笔调勾勒出 1942 年西班牙内战刚刚结束，第二次世界大战还在如火如荼地进行时，马德里中下层人民的贫困生活和心灵之苦。作者笔下的农民、职员、医生、小贩、流氓、妓女……犹如一只只疲于奔命的蜜蜂，被禁锢在一个令人窒息的蜂巢里，煎熬度日。这部小说是对战争和社会的控诉，是对战争发动者的谴责和声讨。

诺贝尔文学大师们的高明之处，在于他们敏锐洞察了战争的本质，并没有把战争文学写成场景文学和英雄文学，而是进入到本质层面加以揭露和剖析，让读者意识到任何时候，战争都不是解决问题的好办法，有时胜利者会被失败者的累累尸骨压垮。因此，我们说世界上没有绝对正义的战争，最聪明的做法是远离战争。

三、诺奖作家眼中的战争

碎片、瓦砾、废墟。

痛苦、彷徨、绝望。

这就是德国“废墟文学”的语言环境。

“废墟文学”是“二战”之后兴起于德国的一种文学题材，以描写希特勒法西斯专政和“二战”带来的深重灾难以及给人们的心灵造成的巨大创伤为主题。代表作家是被誉为“当代德国文学界的歌德”的海因里希·伯尔，其代表作是《列车正点到达》。

伯尔出生在“一战”时期的科隆市一个雕刻匠家庭，童年经历了惊恐、饥饿和不安定的生活。他曾经这样回忆他的童年：“正当我的父亲作为民军守桥的时候，在世界大战饥馑最严重的年头，他的第 8 个孩子出生了。在此之前，他的两个孩子已经夭折。我出生在正当父亲诅咒战争，诅咒笨蛋皇帝的时候。”然而，那些栩栩如生的木雕作品和木头的香味以及他用一万亿马克买一支棒棒糖的事情却给他留下了深刻的印象，或许这就是对他最有意义的文学启蒙了。

他的人生是一直朝着文学而去的。1939 年他考入了科隆大学德语文学系，他盼着与久仰大名的前辈歌德、席勒和海涅的文学理想相会。遗憾的是，他的同胞希特勒发动了第二次世界大战，他被征入法西斯军队服役，先后到法国、波兰、罗马尼亚、苏联等国打仗，就在“二战”即将结束时被盟军俘虏，几个月后获释回到故乡。

那时的故乡已经面目全非破败不堪了，战争不仅给世界人民带来了深重灾难，也给德国人民造成数百万人的伤亡，整个德国在战争中化为废墟，灰心、失望、饥饿和疾病严重威胁着德意志人民，人们在苦难中艰辛度日。战争的经历和艰难的岁月，给伯尔的创作提供了丰厚的生活素材。

他的中篇小说《列车正点到达》就是在这种情况下创作完成的，时间是1949 年。小说通过一个叫安德烈亚斯的士兵在“二战”中的遭遇，特别是叙述在这场人与人之间相互残杀中的思想活动过程，表达了作者对战争强烈谴责的立场。作品所描写的都是在前线的士兵们残酷无情的经历，他们几乎都是在绝望的心情驱使下去战斗去冲锋的，直到不可避免地遇到死亡为止。

这部作品的意义就在于它唤醒了战后德国文学的重建，唤醒了人们从恐怖的战争阴影中走出来，勇敢地去认识过去清算过去，在痛苦的回忆中重新开始新的生活。伯尔对这一时期的文学创作做过一次精彩的描述：“事实上，我们所描写的人们都生活在废墟之中，他们刚经历了战争，男人和女人都在同样的程度上蒙受了创伤，儿童也是如此……我们感到自己同他们如此息息相通，彼此间神似貌合，犹如一人……因此，我们写战争，写回乡，写自己在战争中的见闻，写回乡时的发现——废墟。于是出现了与这种年轻文学如影随形的三个口号——战争文学、回乡文学、废墟文学。”

“废墟文学”存在的时间并不很长，它与中国打倒“四人帮”之后的“伤痕文学”一样，都是社会环境的突然改善所爆发出来的积郁过久的愤懑情绪，从这些作品中人们释怀了很多心灵的垃圾，这对过度压抑的人们继续前行起到了减压作用。但“废墟文学”毕竟是特殊时空中的“低吟浅唱”，难免昙花一现的结局。

进入 20 世纪五十年代以后，伯尔的创作思路发生了重大改变。他把文学创作的触角延伸到了战后德国经济恢复时期普通老百姓的生活之中，如居住与生活、邻居与家乡、金钱与爱情、宗教与饮食等，并把这些都提升到人类尊严的层面加以关照。他认为这就是他的文学纲领，这就是充满激情的文学之美。这一时期，他先后创作了长篇小说《亚当，你到哪儿去？》《一声没吭》《无主之家》《我们早年的面包》《九点半钟的台球》等。

这些作品都从不同层面揭示了战后德国人艰难的生活和悲苦的命运，延伸了文学事实所蕴含的深刻意义。如《九点半钟的台球》就是作者通过建筑师费麦尔一家 1958 年 9 月 6 日的经历，采用大量的内心独白和倒叙手法，揭露了德国纳粹主义的罪恶，呼吁人们对它的死灰复燃保持高度警惕。这种把深刻意义藏匿在并不很多的事实之中的表现手法，成为大家公认的伯尔专利。

有人这样评价他：伯尔运用这一方法极为熟练，但他每次使用时都跟讽刺有关。多余的细节是数不胜数的，诙谐会成为一种比耐性的较量，有时对那些不怎么有耐性的读者来说也是如此。

正是以这种认真负责的记录技巧表现的诙谐，说明伯尔需要这样的现实确实甚少。他的能力，用寥寥几笔、有时只是大致的轮廓就能生动地勾勒出他所处的环境及其形象的能力，正是他的匠心独具之处。

1971 年，他的长篇小说《与一位女士的合影》的出版，显示了他的这种手法达到了炉火纯青的地步。小说描写了善良正直的主人公莱尼由于没有随波逐流，敢于坚持个人的自我意识、自我选择的自由，结果接连遭到迫害，被污蔑为“罪人”、“荡妇”。作品既表现了战争给德意志民族带来的灾难和历史重负，也对人的存在方式作了深层的哲理思考。作品的主要内容由众多人物的回忆、插话、追叙组成，这种多视角的叙事手法使得时空、情节经常出现大幅度的颠倒、跳跃，从而打破了传统小说的模式。

纵观伯尔的文学创作，基本上是围绕着战争而展开的，无论描写什么题材，采取什么叙事技巧，都离不开他对战争的深刻剖析和反思。

⊙ 海明威：硝烟中太阳照样升起

欧内斯特·海明威是条汉子，这位出生在美国芝加哥乡村的“雄狮”，从小就幻想着到硝烟弥漫的战场当一名威风八面的英雄。

第一次世界大战为他提供了实现梦想的机会。1918 年 5 月，他惜别亲人跟随美国战地服务队去意大利前线，想在那里打出一片天地。结果，还未看到敌人的影子就被敌人的炮弹炸得人仰马翻，他只好在懊恼中度过养伤的 3 个月寂寞时光。伤愈后他干脆进入意大利步兵队伍直接与敌人作战。这位一直爱好足球、游泳、拳击的美国小伙子，终于找到了施展自己的平台，他冲锋在前骁勇善战，被意大利政府授予十字军功奖章、勇敢奖章等荣誉。

1919 年他披着战争的硝烟带着浑身的伤痛回到了美国，然而血色的战场和厮杀的恐怖却给他造成了极大的痛苦和惊慌，他变得焦虑、狂躁和沉默。

这段时间，他阅读了大量有关战争方面的论著。特别是希腊神话《阿伽门农》描写战争的段落，他可以随口背诵——

> 战神，用金钱交换死尸的人，
> 战争中你牢牢地紧握手中的矛枪。
> 之后你从伊里亚姆焚烧尸骨的火堆里，
> 取出曾是英雄男儿们的灰烬，

装进沉重而洒满泪水的骨灰缸，
送给他们生前最亲爱的人们。

有时候，他经常问自己："人类为什么要战争？"后来他从柏拉图的《理想国》里找到了答案。那是苏格拉底和格劳康关于战争的对话。

苏格拉底问:"我们希望得到邻国的一小片土地用来放牧牛羊，耕种庄稼，如果邻国也需要占领我们的一小片土地，并且与我们一样贪得无厌，想方设法掠取大量的财富，后果会是什么呢？"

格劳康答："后果，苏格拉底，就是在我们与他们之间爆发一场战争，这是不可避免的。"

海明威认为，战争的目的不仅如此，因为"暴君……为了让人们记住自己是统帅,也会发动这样或那样的战争(苏格拉底语)"。

对于战争，海明威有着近乎于本质的认识，他曾经引用吉本在《罗马帝国的衰亡》中的一段话："战争以其最明了的形式表明了对人性和正义的永恒侵犯。"

在阅读和反思的基础上，海明威创作了他的第一部长篇小说《太阳照样升起》。那是1926年，他定居巴黎之后的第5年，5年中他结识了许多移居巴黎的英美青年，由于战争创伤而造成他们的空虚、苦闷和忧郁，使他们迷失了生活的方向。《太阳照样升起》就是以这些人真实的生活经历创作而成的。

主人公杰克·巴恩斯是一名美国青年，在大战中受了重伤后侨居法国当记者，由于精神空虚就去追逐一名英国籍女子，他们一起来到比利牛斯山区以钓鱼、狩猎消磨生命。后来在观看一次疯狂的斗牛表演中，巴恩斯醒悟过来："只有不怕死的精神才是世界上最伟大的力量，才是永恒的人生，也是太阳升起的地方。"

由于海明威在《太阳照样升起》的扉页题辞中引用了美国老

一辈女作家格特露德·斯坦因的一句话——“你们都是迷惘的一代”，所以，小说描写的那一代被称为“迷惘的一代”。描写“迷惘的一代”的作品被称为“迷惘的一代”文学派，海明威当之无愧地成为这个文学流派的领袖人物。

1929 年，海明威又出版了长篇小说《永别了，武器》，在这部作品中，海明威再次显示了他高超的创作技巧以及对人物内心精湛的刻画。小说仍然以第一次世界大战为背景，通过“迷惘的一代”的生活悲剧直接控诉了战争的罪恶，借许多士兵之口，喊出了“打倒军官”“和平万岁”“回家去”等口号，反映了“人人都憎恨战争”的主题。

然而，战争并没有因为人类的憎恨而远离人类，相反却以频繁的脉动祸害着人类。1936 年，西班牙爆发专制与民主的内战，海明威义无反顾地加入了战斗行列，这次参战使海明威受到了深刻的教育，他把这次战争看作丰富自己思想，强化精神世界的大好机会。他透过西班牙的满天炮火获得了新的创作灵感，精心写出了全面深刻反映这场战争的长篇小说《丧钟为谁而鸣》。

这部作品出版后被翻译成多国文字畅销全世界，它是海明威创作生涯中一部划时代的作品，是举世公认的不朽之作。

第二次世界大战期间，海明威以记者身份活跃在欧亚战场。1941 年，他来到中国采访，与周恩来等中共领导人有过长时间的谈话，发表了 6 篇有关中国人民英勇抗日的报道。珍珠港事件后，海明威再一次直接参加了抵抗法西斯主义的战斗，直至“二战”胜利。

⊙ 米沃什：在一个永恒的时空里

1980 年获得诺贝尔文学奖的波兰作家切斯拉夫·米沃什，一生经历了两次世界大战，他对战争有着刻骨铭心的痛苦记忆，他的作品中有相当一部分是描写和谴责战争的。

米沃什是立陶宛裔波兰人，1911 年出生在当时属于波兰版图的立陶宛首都维尔纽斯附近的谢泰伊涅。这里是一片群山环抱、森林覆盖、湖泊滋润的富有诗意的土地，在这里他获得了诗歌创作的灵感，并曾带着这些灵感去巴黎留学。回国后，在波兰电台文学部任职。这一时期正值第二次世界大战前夕，他根据波兰历史上几经列强侵略、吞并、瓜分的情况预见到波兰将遭受新的侵略，于是，他彻夜伏案创作了大量诗歌，意在唤起波兰民众的警惕。如 1933 年出版的第一部诗集《冰冻时代之诗》和 1936 年出版的第二部诗集《三个冬天》等，都属于他早期的“灾祸说”诗歌。这些诗歌充满了诗人对祖国未来和波兰人民命运的担忧，有时候会流露出苦闷和彷徨的情绪。他在《偶然相遇》中这样写道——

黎明我们驾车奔驰在冰封的大地上，
犹如红色的鸟儿在黑暗中展翅飞翔。
猛然间一只野兔在路上跑过，
我们之中有人用手指点。
那是很久以前，而今——
那野兔和挥手的人都已不在人间。
啊，我亲爱的人！
他们在哪儿？他们去向何方？
那挥舞的手，那风驰电掣的奔驰，
还有那沙沙滚动的鹅卵石？

我问你们，并非出自悲伤，
而是感到纳闷、惊惶。

第二次世界大战期间，这位反法西斯战士目睹了华沙城在德国法西斯践踏下变为废墟，20 万波兰人民在机关枪扫射中丧失生命的景象。面对惨烈的战争现实，诗人勇敢地投笔从戎，在枪林弹雨中为自己的同胞争取自由。战斗间隙他仍然坚持诗歌创作，他这时的诗已经不再苦闷和彷徨，而是具有了战士的情怀。如 1943 年在华沙创作的《牧歌》，就表达了对未来的期待和向往——

微风在园中唤起一阵阵浪花，
就像那静谧、柔弱的大海。
浪花在绿叶丛中流逝，
于是又现出花园和绿色的大海。
翠绿的群山向大河奔去，
只有牧童在这里欢乐歌舞。
玫瑰花儿绽开了金色的花瓣，
给这颗童心带来了欢娱。
……

第二次世界大战胜利后，波兰政府任命米沃什为驻华盛顿文化参赞，后调任驻法国主管文化的一等秘书。正当他要为祖国人民奉献聪明才智的时候，波兰当局仿照苏联模式推行的一系列“极左”政策使他大失所望，特别是禁锢思想的文艺政策让他无法忍受. 他认为，政府要求的艺术家在他们的作品中必须体现为“革命”服务的主题，是严重侵犯艺术家自由创作的粗暴行为，是囚禁人们心灵的牢狱手段。为了实现自由创作的文学理想，他毅然于1951年出走法国避难，10年后移居美国。这期间，他诗歌的主题转向关注人的心灵解放。如他在《誓言》中这样写道——

人的智慧尽善尽美，不可征服，
无论是叫它坐牢，将它流放，还是把书都烧光，
都不能使它屈服。
它用语言表现了包罗万象的思想，
它拉着我们的手，
叫我们用大写写下两个词：真理和正义，
叫我们用小写写下两个词：谎骗和屈辱。
……

这一时期，米沃什的创作灵感像喷泉一样不可遏止，他相继出版了诗集《白昼之光》《诗的论文》《波贝尔国王和其他诗篇》《着魔的古乔》《无名的城市》《诗选》《日出和日落之处》《冬日钟声》《新诗选》等。这些作品大多揭露现实生活中的虚伪、欺骗及浮夸等现象，认为生活在这种环境中的人失去了自由，成了“历史和生物本能的无形力量的俘虏”。米沃什的诗吸取了古典和现代诗歌各种流派的长处，形成了自己独特的具有悲剧力量的质朴而自然的风格。除诗歌创作外，他还写了大量散文、小说、文艺论著。主要有散文评论集《被禁锢的思想》《大陆》《个人的义务》，小说《夺权》《伊沙之谷》，自传《自然王国：对我的探索》，论著《波兰文学史》等。

瑞典文学院评价说：“强烈的情感，再加上严格的训练和确切无误的洞察力，使他的作品与众不同。一种难以平息的热情决不让他安于人的无能为力，安于语言对幻想游戏的癖好，安于麻木不仁，安于我们不曾以绝对的爱，超乎常人能力地，去爱萨克

森豪森的可怜的灰烬的那种悔恨。他的这种热情结合着一个成熟的经过痛苦考验的人的宽容精神，结合着一种对自我克制的追求和一种禁欲主义的甚或享乐主义的英雄气概。我们经常遇见蔑视和愤怒的爆发，它们以近乎尼采的方式，狂乱地反抗造物环境迫使人仅仅成为人，而不能像神一样改变卑鄙和残忍的一切。与此形成对照的则是偶尔出现的一种对于眼前奇迹般存在的简单事物的明朗的宁静心境。他的作品是多声部的，富有戏剧性的，执著而又煽动的，在不同的基调和水平之间变化着，从哀婉到暴烈，从抽象到极其具体，不一而足。”

⊙ 拉格奎斯特：痛斥阻滞人类进步的黑暗

瑞典作家占尽诺贝尔文学奖天时地利人和之优势，频频赢得这个大奖的青睐。

1951年这份荣誉颁给了继拉格洛芙、海顿斯坦和卡尔费特之后的瑞典作家费边·拉格奎斯特，理由是他“通过作品中深刻的艺术能力和独立的论证手段来寻找对人类共同问题的永恒回答”。

拉格奎斯特于1891年5月出生在瑞典斯莫兰省维克舍镇一个贫苦农民家庭，这个小镇偏僻、保守、贫穷，他的童年就是在这样的环境中度过的。拉格奎斯特从小亲历了贫困带来的无穷苦难，这在他幼小的心田种下了哀愁、苦恼甚至恐惧的种子，直到成年后他的这种情绪依然弥漫。

由于贫穷，大学只上了一年的拉格奎斯特被迫辍学。在人生末路的彷徨中，他发现了自己特有的文学天赋，23岁那年他出版了一本文学论著《文学和形象化的艺术》，提出了用朴素的艺术手法和简单的人物性格来表现生活的观点，从此这位乳臭未干的毛头小子在瑞典文坛崭露头角。

后来他去了“艺术之都”巴黎，那里的一切令他痴迷，特别是巴黎现代派艺术让他惊叹不已。他认为，现代派艺术最重要的思想是对死亡的认识，死亡是人类始终面对的终极话题。这种悲观厌世的情绪严重影响了他对现代艺术思想的理解，甚至曲解了现代艺术思想对人类自身主体空间的发现和开掘。他按照自己的理解创作了一部诗集《苦闷》，以痛苦萎靡的反省来探讨人生意义以及人生目标，明显地反映了拉格奎斯特此时的精神状态和对现代艺术思想的曲解，好在没有影响这部诗集对表现主义手法的运用，也没有影响他赢得“第一流诗人”的结果。

表现主义源于物质文明逐渐发达起来的欧洲，那时候贪婪的物欲不仅吞噬了美丽的田园，也毁灭了人的精神自由和理性世界。作家作为时代进步的思想者和领航者，首先发现了这个关乎人类生存质量的问题，于是以探索人的内心世界为己任的表现主义应运而生。它的开拓者是瑞典著名戏剧家斯特林堡，他强调表现主义反对客观再现，主张表现主观真实，以此来达到强烈的艺术效果。这个流派在20世纪初的法国盛行一时，拉格奎斯特就是在巴黎欣赏了大量的表现主义作品后，才成为表现主义文学的继承者的。

正当他沉迷于表现主义文学创作时，第一次世界大战的隆隆炮声震醒了这位悲观主义者，他突然意识到靠着纯粹的想象和晦涩难懂的表现主义难以完成文学大任，于是他转入了质朴而生动的现实主义描写，从而增添了他在思想战线上用手中的笔讨伐战争暴虐和政治专横行为的力量。他说：“善是必将最后取得胜利的，因为它具有世界上最伟大和最强壮的力量，这是恐怖和邪恶所无论如何都敌不过的。”此后，他陆续出版了诗集《人们为什么快乐》、长篇小说《真实的客人》、剧作《绞刑吏》和《一个没有灵魂的人》等作品。这些作品旗帜鲜明地反对暴力、残忍、极权等阻滞人类进步的行为，对法西斯罪行进行了无情的揭露。

20 世纪四十年代以后，拉格奎斯特已经成长为一名坚定的人道主义战士，他认为自己是“一个严谨的无神论者”。他这一时期的作品大都以人类善与恶的激烈交锋为题材，其代表作《侏儒》就集中体现了他这一时期的作品风格。

《侏儒》以文艺复兴时期意大利北部一个小公国的宫廷为背景，描写一个侏儒成为国王的宠臣之后，如何仇视周围一切美好事物，迫害王室成员和大臣的故事。这个侏儒为人专横刁钻、残暴狠毒，是一切恶的化身。作者通过这个寓言式的故事，强有力地抨击了低俗与龌龊的官场文化，揭露了暴力与残忍的人类行为，剖析了贪婪与邪恶等社会现象。

这部作品所描写的故事情节，实际上一直在如火如荼地上演着，自西方文艺复兴以来的几百年间，这种故事已经成长为一种难以遏制的恐怖文化，其间的污浊与庸俗犹如一场没有硝烟且持续悠久的政治杀戮，一直在破坏着人类进步的文明成果。战争、内斗、暴政、专制、贪婪、自私像一股宏大的政治交响曲，把本来高大的人类本性蹉跎得犹如极端自卑的心灵侏儒。

拉格奎斯特认为，人类的善已经难与侏儒试比高，面对此情此景，除了战斗别无选择。

第四章

对人类精神困惑的思考

20世纪以来的一百多年，是科学技术飞速发展的时代。据美国科学家詹姆斯·马丁推测：人类知识的总量在19世纪大约每隔50年增加一倍，到20世纪七十年代每5年增加一倍，现在不到1年就可以增加一倍。20世纪初，人类认识的化合物只有1300种，1950年达到100万种，1980年超过400万种，现在已经突破800万种。目前，全世界每小时有科学发明50多项，每天有上万篇科学论文发表。所以，人们把这个时代称为“知识大爆炸”的时代。

现在，我们用一年等于过去20年来形容科学技术的发展已经不算夸张。随着科学技术的发展，人类与天斗、与地斗、与人斗的自信心空前膨胀。实践证明，掌握征服世界的工具越先进，人类的物质财富越增长，人类与大自然、与社会、与人的关系越紧张，人类的精神困惑越多。

科学技术带来的异化、生态失衡、环境污染、资源匮乏、战争威胁、社会不公、诚信不张、道德沦丧、人与人关系紧张等，无疑构成了人类世界的荒原景象。

一、人类精神世界的荒原

人类精神世界主要是指人类意识活动以及它所构建的心理范式。黑格尔认为，“精神”是理性和实践相结合的产物，是理性和现实的统一。随着物质世界的发展，人类精神世界也在潜移默化地发生着变化，工业革命以来，大规模的机械化替代了人类的手工生产，随之，生产关系发生变化、人类的思维方式和心理范式发生改变。这种剧烈的变化，从表面上看，推动了人类文明进步，但往深处思考，也隐含着人与自然的严重对立。

人是一种生态型存在，是生态链中的一环。人与自然、人与社会、人与人是这个生态链的基本形态。人与自然构成了自然生态，人与社会构成了社会生态，人与人构成了心理生态。人在自然生态和社会生态中，寻求的是安全感；在心理生态中，寻求的则是归属感。这是生态型存在的两个基本诉求。

人与大自然的关系，是一种相互依存的共生关系。人类只有保护大自然，大自然才会为人类提供更适合居住和生活的环境。现在的问题是，我们从来没有这样的承诺。地下掏空了，森林伐光了，河流干涸了，土地沙化了，蓝天灰霾了，整个大环境污染了。人类在享受大自然馈赠的同时，也接受着大自然无情的惩罚。

马克思认为，人类可以利用自然、改造自然、向自然索取，但是，这一切活动都是建立在人类首先要承认自然的客观性、先在性基础之上的，因为“自然规律是根本不能取消的。在不同的历史条件下能够发生变化的，只是这些规律借以实现的形式”。因此，人类在进行社会实践活动时，必须以尊重客观自然规律为前提，实现主体与客体的有机统一，即实现人与自然的和谐发展。恩格斯说过：“不要过分陶醉于我们对自然界的胜利。对于每一次这样的胜利，自然界都报复了我们。”

地震、洪水、干旱、雾霾、风沙、污染，似乎离人类越来越近，几乎每时每刻都威胁着我们。虽然人类已经步入了信息化时代，可我们心理的恐惧却一天比一天严重，由此而导致的人类不安已经成为一种病症，在大面积地蔓延着。

人是一种社会性存在，主要体现在两个方面，即意志和道德。意志是一种组织形式，它的优劣直接关系到人类自身的命运。比如，20 世纪出现的德国法西斯主义、日本军国主义、南非种族隔离、拉丁美洲独裁专制，以及我国出现的三年大饥荒、“文化大革命”等，都直接影响着人类的命运和前途。

人类自身是一个善恶矛盾体，好的组织形式会激发人类的善，不好的组织形式会助长人类的恶。20 世纪的人类实践，已经充分证明了这一点。

人类精神世界的荒原，就产生于对人类恶的恐惧，它会使人类精神世界发生错乱，进而导致精神沙化、厮杀横行、暴力频仍、欺诈充斥社会，人类陷入噩梦般的欲火之中。

道德是一种价值观的体现，它虽然不具有法律般的强制性，但它对人类的约束作用仍然十分强大。实际上，它是意志在人类精神世界的集中反映，有什么样的意志就有什么样的道德，它与意志是一个问题的两个方面。在法西斯主义那里，道德体现为一种邪恶暴力的价值观，他们不觉得杀戮是邪恶的，反而觉得无上光荣；在军国主义那里，他们不认为烧杀抢掠和奸淫妇女是一种丑行，反而认为是大日本帝国的胜利；在独裁专制那里，他们也感觉不到这是对人类的奴役，反而认为是对人类的责任。我们所说的道德沦丧莫过于此，在这样的道德氛围中，人类不可能不感到威胁。

除了人与自然和人与社会的关系，还有一种关系，即人与人的关系。它是一切社会关系的基础，人类的任何关系，最终都体现在人与人的关系上。所以，人与人的关系是一种相对复杂的关系，既有政治的，也有经济的，还有文化的，它就像一张大网，剪不断理还乱。因此，人与人之间既充满着友爱，也充满着矛盾，甚至敌对和冲突。这是产生人际关系危机的重要原因。

人与人之间的疏离、冷酷、对立，使人失去了归属感，这是导致人的精神封闭、困惑和危机的重要原因。

记得 20 世纪八十年代有一首摇滚歌曲《垃圾场》，歌词写得好："我们生活的这个世界就像一个垃圾场 / 人们就像虫子一样在这里你争我抢 / 吃的是良心 / 拉的是思想。"

二、人类精神世界的救赎

人类的精神病症是历史的产物。

文学作为人类历史的书写者，不可能缺席对病态历史的批判和反思。诺贝尔文学奖作家卡内蒂、戈尔丁、莫里亚克、黑塞、加缪、贝克特、奥尼尔、艾略特等，分别从精神困惑和精神危机的角度，展现了人类精神世界遇到的问题。

艾略特的《荒野》所表现的荒原意识，准确地展现了现代人的精神问题，被西方评论家称为现代诗歌的里程碑，是 20 世纪西方文学划时代的作品。作者在《荒原》中深刻揭示了工业文明给人类带来的内心荒芜，全诗共分五章，第一章《死者葬礼》描写现代社会荒芜的状况；第二章《对弈》指出社会各阶层欲望的对比均无意义；第三章《火诫》从男女情欲入手，探讨造成现代精神荒芜的原因；第四章《水里的死亡》简短总结了现代人精神的归属；第五章《雷霆的话》企盼以东方宗教来拯救西方精神荒原。

通过《荒原》这部作品，作者向人们展示了一个失却信仰、精神错乱的世界。他这样写道："我可有勇气搅乱这个宇宙？我已用咖啡勺子量出了我的生命。"

艾略特笔下的《荒原》，是一片令人恐怖和沮丧的精神大漠，在这种环境中，土地是龟裂的，树木是干枯的，杂草是无序的，骄阳是毒辣的，人与人之间无情无义，只有欺诈、对抗和厮杀。人自身也无精神追求，只有对物欲的贪婪。人的声色犬马掩盖了生命的空虚："这里没有水只有岩石／岩石无水只见一条沙路……人在这里既不能站也不能卧也不能坐／山中甚至连宁静都没有／有的只是无雨的干雷。”很明显，诗中所写并非现实景色，而是着意描绘一个作家所能感觉到的内心世界。

《荒原》中也两次出现了渔王垂钓的悲伤镜头。在作家所描写的荒原上，年老的渔王苦苦地等待着年轻骑士的到来，以使自己的生命活力得以复归，使荒凉的原野重获生机。那么，结果如何呢？一切都是那么不如意。

艾略特创作《荒原》的时代，正是西方社会衰败、传统价值观解体、人们精神颓唐、理想幻灭的时代，所有这些就构成了艾略特创作《荒原》的社会背景。当然，还有由社会背景所导致的作家自己的不如意，如丧失父亲的痛楚、事业上的不顺、工作上的劳累、经济上的拮据，再加上夫妻生活的紧张，所有这些都使得艾略特对生活悲观失望，此时此地的他，就如同荒原上的渔王，因生活中的种种失意而深感自己陷入了荒原之中。

与艾略特的《荒原》不同，加缪的《局外人》试图探索人类出现精神困境的深层原因，回答人类精神的荒原缘于人类自己的缺陷。加缪以自己的哲学理念为支撑，创作了他的成名作《局外人》。时间是 1942 年，第二次世界大战正处于黎明前的黑暗阶段，无论是正义的还是反动的阵营都出现了悲观、苦闷、彷徨的情绪，该作品试图把这种情绪抽象为一个“局外人”，这个“局外人”具有一种荒诞的情感，总是与社会格格不入，觉得自己来到这个世界上是偶然的，活在这个世界上是错误的，因而把自己当做与世无关的人，甚至对母亲的去世、情人的求爱和莫名其妙的杀人被判处死刑都无动于衷。作者想通过这个“局外人”形象来抒发自己“荒诞的世界，需要人们用荒诞的行为应对”的哲学观点。有评论认为，该作品“深刻而严肃地阐明了人类良心上今天所遇到的问题”。

人是对象性存在，也是个性化存在。人要通过社会生活确立自己的生存价值，然而，异化的世界不仅迫使人们成为“局外人”，也使人们为了降低交往风险，自我掩饰、自我扭曲、自我分裂。

皮兰德娄的《六个寻找剧作者的角色》，就深刻揭示了人类自我分裂的精神状态，表达了作家对人类精神危机的认识。

《六个寻找剧作者的角色》剧情梗概是，一个剧团正在排练新戏，突然来了六个自称是被作者遗弃的剧中人，他们硬要作者把自己的戏编排出来，于是演绎了一场荒诞、怪异、扭曲的戏中戏……

作者在该剧中把生活与艺术紧密联系起来，形成自我与现实的强烈对撞效果。在他看来人有真实的自我和面具的自我，而今天的自我又不同于明天的自我。人置身其中的现实世界和人的自我世界都是变化莫测的，人类社会是由单个的人组成的，但每个人都是一座孤岛，没有人能够进入彼此心中，当我们从不同角度看待一件事和人时，就会产生不同的看法，也可以从不同的方面进行解释。

然而，最致命的是，“假面”戴久了，不但欺骗他人，也欺骗自己，这才是最可怕的精神荒原。

三、荒诞窘境中的时代悲剧

“荒诞派”戏剧兴起于 20 世纪五十年代，以法国剧作家尤奈斯库创作并上演的《秃头歌女》为标志。这种新兴的戏剧艺术完全放弃了传统戏剧的“理性手段和推理思维”，故意模糊时间地点，以象征、寓意、夸张和非逻辑的片段场面，取代传统戏剧必不可少的情节和冲突，以抽象化的人物形象取代典型化的人物形象，以语无伦次的戏剧台词，取代内涵丰富的人物语言。这些颠三倒四的人物、情节、语言背后，蕴藏着一种震撼人心的悲剧力量，让人领略到“荒诞派”戏剧的独特魅力。

爱尔兰剧作家贝克特的《等待戈多》，是“荒诞派”戏剧的优秀剧目，正是它的公演才使更多的人接受了荒诞戏剧。《等待戈多》1953 年正式公演，随即轰动欧美。这是一个两幕话剧，主要写两个流浪汉弗拉季米尔和艾斯特拉贡，在荒凉的乡间小路旁等待戈多的情景。第一幕讲述两个乞丐一见面就百无聊赖的闲聊并配合一些烦躁不安的动作，他们声称自己在等待戈多，要把自己捆绑在戈多身上。第二幕仍然是那个时间那个地点，只不过原来那棵枯树上长出了几片叶子，两个流浪汉又走在了一起，与上一个夜晚不同的是，今晚都不想说话，但长时间的沉默又带来了恐惧，于是两人同时说话，为的是“不听”和“不想”。他们所等待的戈多是谁，没人知道，连作者也说：“我要是知道，早就写到戏里去了。”实际上，戈多代表了物欲横流的社会中，一股充满希望的力量，等待戈多是人们希望感受到这股力量的到来。

《等待戈多》之后，贝克特还写了一系列“荒诞派”剧作。如《最后的一局》《哑剧》《最后一盘录音带》《啊，美好的日子》《卡斯康多》《喜剧》等。

在这些剧作中，《最后的一局》和《啊，美好的日子》是最有代表性的作品，美国“荒诞派”剧作家阿尔比甚至认为：“这两个剧作比《等待戈多》更出色。”

《最后的一局》是一个独幕剧。剧中共有四个人物，均为残疾人，他们处在绝望的痛苦之中，正在等待死亡。全剧没有情节，主要是两个人的对话，剧中动作很少，展示的舞台形象极其荒诞、肮脏和凄凉。

《啊，美好的日子》是一个两幕剧。第一幕讲的是女主人公维妮的身体已经半截入土，只露出胸部以上部分，但她仍然乐观，还说：“又一个好日子。”第二幕她只剩下头部在地面上了，当她瘫痪的丈夫爬着来见她时，她又说：“哦，又是美好的一天。”这个剧作表现了死的不可避免，也表现了人们的精神麻木、卑贱和自欺欺人。

贝克特的戏剧，被西方评论家称为“彻底反戏剧”的创作，开辟了“过去艺术家从未勘探过的新天地”。他的剧中人物大都是一些语无伦次的精神病患者、孤苦伶仃的流浪汉、行将就木的老人、争风吃醋的男女、钩心斗角的庸人。贝克特通过对人性异化的真实展演，大胆描绘了一幅现代社会充满鄙俗浑噩与空虚荒芜的生活画卷，体现出深沉的人生哲理，“具有古希腊悲剧的净化作用”。

⊙ 奥尼尔：发自心灵深处的呐喊

1936年，尤金·奥尼尔因“剧作中所表现的力量、热忱与深挚的感情”而荣获诺贝尔文学奖。

这个奖项来之不易，奥尼尔几乎用尽了他心灵深处隐藏的全部苦痛，向人们展示了一幕幕人类心灵所经历的大悲剧。

奥尼尔自幼生活在一个颠沛流离的家庭中，父亲是一位非常出色的歌剧演员，为了养家糊口常年带着家眷四处巡演，而且无数次地重复“基督山伯爵”这个角色。就在奥尼尔降生的那一刻，父亲仍在百老汇的舞台上演绎“基督山伯爵”的愤懑与洒脱。

奥尼尔的降生并没有给这个家庭带来欢乐，父亲因常年重复一个角色而失去了艺术追求和创作灵感，陷入了酗酒的苦闷之中。母亲患有类风湿，而最终成为“瘾君子”。哥哥继承了父亲酗酒的嗜好，整天生活在混沌世界。让奥尼尔最伤心的是父母去世之后，他唯一的亲人——哥哥却篡改父亲的遗嘱，侵吞了父亲留下的遗产。奥尼尔的感情生活也非常坎坷，一生结婚三 次，生育两儿一女，两个儿子均死于自杀，他十分钟爱的女儿却嫁给了老态龙钟的喜剧大师卓别林。

家庭的不幸，给他的内心世界造成了无法弥补的创伤，也为他后来的文学创作带来了深深的影响。

奥尼尔的戏剧创作开始于1912年。这之前他当过杂役、职员、水手、记者，在居无定所的长期奔波中患上了结核病，后被好心人送到疗养院，为了排遣寂寞和苦闷他拿起了创作之笔。

1914 年是奥尼尔命运转折之年，他不仅成了一名职业剧作家，而且加入哈佛大学戏剧训练班。两年后他创作的独幕剧《东航卡迪夫》被马萨诸塞州普罗温斯剧团搬上了舞台，这是他的剧本在舞台上第一次公演，也是他艺术生涯的实质性开端。

普罗温斯剧团是一个高擎“艺术至上”旗帜的剧团，反对戏剧商业化倾向，是当时最著名的“艺术剧院”运动中一个实力派艺术团体。奥尼尔能够成为这个剧团的编剧是非常幸运的。

《东航卡迪夫》描写的是一个水手因一次不慎操作受伤后，在船舱里孤独地等待死亡的一个心理挣扎过程，整个剧情充满着浓烈的悲剧色彩。从这部作品中，我们隐约可见他早期的表现主义创作手法。

此后，他陆续创作了《天边外》《琼斯皇帝》《毛猿》《上帝的女儿都有翅膀》《送冰人来了》等一系列较有影响的剧作。尤其是《天边外》影响巨大，获得普利策戏剧奖。

《天边外》是一部现代悲剧作品，在写作手法上继承了古希腊悲剧的创作元素，保持了悲剧情节的连贯性。这部剧作分三幕展开，每一幕两场，一场在室内一场在室外，两幕场景交替出现，表现理想与现实之间的天然鸿沟。作品讲述了罗伯特和安迪兄弟俩共同爱上邻家女子露芝的故事，三方在错综复杂的感情纠葛中，都阴差阳错地选择了与命运相悖的结果，最后造成了三个生命的悲剧。这部剧深刻揭示了人们无法掌握自己命运的宿命主义情绪，仿佛这一切全都是“天边外”的一支巨手在操弄着。

奥尼尔是 20 世纪美国戏剧舞台上最出色的剧作家，他的作品完美地体现了戏剧与文学的双重价值，并一直成为美国权威剧院百老汇最有影响力和叫座率的保留剧目。

同时，奥尼尔也是一个难以界定的作家，他的作品表现主义元素相当浓厚，而作品的主题却又非常严肃，具有深刻的社会性和现实性。

他的作品大都取材于他所熟悉的现实生活，并以此为依据来深入剖析美国社会问题的病根，因此他的剧作具有公众普遍认可的活的灵魂。然而，他在提出问题的同时却又忽略了解决问题的途径，再加上表现这些主题的手法采用了荒诞离奇、结构散乱、逻辑含混的表现主义形式，导致他的作品涂上了悲观神秘的色彩。

表现主义是一个比较宽泛的概念，信奉表现主义的作家几乎没有统一的政治信仰和哲学理念，他们大都深受康德批判哲学、柏格森直觉主义和弗洛伊德精神分析学的影响。

西方评论家认为，奥尼尔的戏剧，范围广泛，思想深刻，具有鲜明的时代特征，是美式戏剧的杰出代表。

⊙ 卡内蒂：描绘笨蛋摧毁的精神世界

评论埃利亚斯·卡内蒂是件很难的事情。

他一生只出过 9 本书，而且运用了 7 种不同的体裁：一部长篇小说《迷惘》，一部包含了 3 个剧本的戏剧集《虚荣的喜剧》，一部社会学专著《群众与权力》，一部游记《巴利卡斯之声》，一部研究卡夫卡的文艺专著《另一次审判》，两部自传《得救的舌头》《耳中的火炬》，两本笔记小册子《人间》《文字的良心》。

卡内蒂一生的创作集中体现了三个主题：伪善与贪婪、群众与权力、生命与死亡。这些主题的核心正如卡内蒂所说：“任何笨蛋都能摧毁最复杂的精神，无论何时，只要他愿意。”

长篇小说《迷惘》是一部极具代表性的作品。小说描写了一位汉学教授彼得·基恩酷爱书籍，家中收藏各种典籍 25000 多册，由于厌恶社会的堕落和庸俗，断绝了与世俗的一切来往，企图在东方先哲孔子那里找到精神寄托。但是，这种离群索居的生活使他变成了一个书呆子。他在工于心计的文盲女管家苔莱泽的精心设计下，终于钻进了与苔莱泽结婚的圈套，婚后苔莱泽无情地折磨基恩，最后把基恩赶出了心爱的书斋。正在基恩万般无奈之时，他又遇到了狡猾的骗子菲舍尔勒，骗子利用基恩爱书成癖的弱点，几乎骗光了他所有的剩余财产。接着，他又落入凶残的看门人普法夫之手，在精神和肉体的双重折磨之下，基恩越发显得精神失常了。最后，基恩在弟弟的帮助下，夺回了包括书斋在内的全部财产，但此时的基恩已经变得恐惧、迷惘，他疯狂地烧毁了全部藏书，自己也被火焰吞没。

小说结尾写道："书桌前面的地毯，已经着火烧了起来。他走入厨房旁边的睡房，把所有的旧报纸都搬了出来。然后把它们一张张撕开来，揉成一个个的纸团。回到书房内，他把这些纸团放到四周的角落去。做妥之后，他把梯子放到书房中央的一贯位置上。自己跟着爬上了第六级之上，低头看着房间内的火光，等待着。当火焰终于烧到了他的时候，他大声地笑了出来。他一生之中，从来没有这样大声地笑过。"

"士可杀不可辱"，宁愿轰轰烈烈地死去，也不愿被笨蛋折磨。小说力图阐释这样的道理：笨蛋趋利时所采取的龌龊手段是不被高尚精神所包容的。这种手段常常表现为自私、狭隘、阴毒、仇视……当一个美好的世界被这些邪恶的力量所攻占时，这个世界的精神殿堂也就崩塌了。

卡内蒂的《群众与权力》就是企图从理论上分析"任何笨蛋都能摧毁最复杂的精神"根源的重要作品。该作品是作者花了35年心血写成的散发着思想光芒的社会学巨著。作者通过对群众性质和起源的研究，认为"大众之人"的举止行为中所暴露的一切问题归根到底源于“权力崇拜”。特别是作者目睹了法西斯极权的罪恶以后，他甚至毛骨悚然地指出“当权力被摆上宗教的祭坛之时，那祭坛上的祭品必然发生根本的变化——野蛮时代以人的生命为祭品，文明时代以人的思想为祭品。”

卡内蒂在谈到为何研究这个命题时说：“主要意图是研究法西斯根源。我要弄明白隐藏在事实深部的根源，而不光是时代的表面现象。”

作者之所以对德国法西斯极权深恶痛绝，原因在于他的母亲是德国人，也由于德国曾经是犹太人的第二故乡。在那个“排犹”盛行的年代里，卡内蒂这位犹太血统的保加利亚裔英国人，看到了大批大批的犹太人被送进奥斯威辛集中营，然后再送上死亡之路。从那时起，他就决定把法西斯极权这股邪恶的力量剖析清楚并决定改用德语写作。

后来很多评论家把他归入德国作家的行列。如德国学者詹姆斯·利昂就这样评述卡内蒂：“他代表的是德国整个放逐的一代。放逐的一代在希特勒步上权力的宝座时就开始形成了。这一代的作家，当他们在第二次世界大战后重返德国故园时，已是中年了，成了在夹缝中求生的一代。因此，他们的作品多数是沉思的、探讨性的。”

这些特点从卡内蒂的自传体小说《得救的舌头》《耳中的火炬》中体现得尤为明显。从这两部小说中，我们看到了欧洲文化和音乐对他的重要影响，看到了他所经历的许多惊心动魄的遭遇，也看到了他为研究某些问题而艰苦求索的过程。小说中的那些描述对我们了解卡内蒂所处的时代和他的思想发展过程具有重要参考价值。

鉴于他所创造的独一无二的文学景象，瑞典学院于 1981 年授予他诺贝尔文学奖，理由是“作品具有广阔的视野、丰富的思想和巨大的艺术力量”。

⊙ 戈尔丁：阐明当今世界的人类状况

威廉·戈尔丁是一位一举成名的作家。

他的第一部长篇小说《蝇王》一问世，便赢得了世界性声誉，并长时间保持着这种地位。有评论家认为，《蝇王》是一部拷问人类道德的寓言。

这部小说描写的是一群孩子在核战争中，因飞机失事流落到一个荒无人烟的孤岛上，由于脱离了文明社会的约束，使他们身上的野蛮本能被重新激活，生存的压力使他们很快分成了两派，并陷入了残忍的相互厮杀之中。直到一艘巡洋舰救了他们，这座已成了人间地狱的孤岛上的噩梦才宣告结束。

《蝇王》一词源于希伯来文，象征人类本性中的邪恶本质。戈尔丁认为“人类产生邪恶就像蜜蜂采蜜一样容易”。很明显，他创作《蝇王》的意图就是想阐明人类本性中有着邪恶的种子，这些种子一旦遇到合适的环境就会带来种种罪恶，诸如专制与野心、战争与毁灭、杀戮与暴力、贪婪与自私等。

戈尔丁的文学命题并不鲜见，我们的先哲们早就看到了这个问题。苏格拉底说“认识你自己”，这句天启式的至理名言至今仍然散发着光芒。在人类发展史上，人类对自身的认识确实极不清楚。而人要认识自己，最深刻的莫过于认识自己的本性，正如被誉为“思想狂徒”的哲学家黎鸣所说：“自知者莫过于知己之人性，自胜者莫过于克服自己人性的弱点、抑制自己人性中潜在的恶念。”他认为，要做到这一点就必须“坚定地信仰真，顽强地求知善，敦厚地仁爱美”。

然而，要做到这些谈何容易？它涉及我们如何看待人性本质的问题。西方先哲特别是宗教先知认为“性本恶”，意思是所有的人生来有罪，要用一生来忏悔、赎罪。中国圣人主张“性本善”，孟子说：“人无有不善，水无有不下。”《三字经》将其总结为：“人之初，性本善。”东西方在关于人性本质问题上的不同态度，深刻影响了东西方文化长期以来极其不同的发展道路和命运。

戈尔丁十分注意观察和研究人性“恶的一面”，并从人本身存在的缺陷中去探索社会制度缺陷的根源。所以，继《蝇王》之后，他又陆续发表了揭示人性“恶的一面”的长篇小说《平切尔·马丁》和自白式长篇小说《自由堕落》。前者以海军水雷部队军官马丁在一种复杂的“考验”中受折磨痛苦而死为基本情节，抨击了海军的内幕，作者认为那里“简直是一座地狱”。小说通过马丁临死前的心理独白展现了他对生活的渴望，但在那个环境里想赢得生活的自由是不可能的。后者则叙述了一个戈尔丁式的英雄在现代社会中的境遇，即社会的腐朽使他最后丧失了自己清白的故事。

戈尔丁为何不厌其烦地描写人类“恶的一面”？目的是告诫人类避免一切生物性自残式堕落力量的侵蚀。从他的作品中，我仿佛体会到古希腊剧作家欧里庇得斯在《美狄亚》等悲剧作品中所揭示的人类非理性情感所导致的恶果。正如戈尔丁所说，人类最大的疑难问题是“如何去懂得生命的无畏与自然生存的混乱”。

为进一步揭示这个问题，他又创作了剧本《铜蝴蝶》、长篇小说《金字塔》和《看得见的黑暗》等，这些作品从不同侧面展现了人类在非理性情感支配下所导致的生存混乱状态。

第五章

多元文化的碰撞与融合

20 世纪是世界大串联、文化大融合的世纪。

不同国度不同族群的流动与集聚，是多元文化碰撞与融合的缘起。文化虽然具有多样性的特点，但文化的产生一般是以族群为单位的，国家则是族群的集合体。

何谓文化，林林总总，庞杂而广博，任谁也无法用一句话讲清楚。有学者放言，对文化的定义，世界上有三百多种。所以，美国学者洛威尔认为，在这个世界上，没有别的东西比文化更难以捉摸了。

诺贝尔文学所探讨的多元文化碰撞与融合，大都以不同国度和不同族群的不同价值观为对象。特别是 15 世纪哥伦布发现美洲大陆之后，世界各地的移民开始涌向美洲，当时的欧洲人成为美洲的主人，亚洲人和非洲人成为他们奴役的对象。

多人种的不断集聚，所导致的多元文化碰撞与融合不可避免，诺贝尔文学从族群融合、心理困惑、矛盾冲突、前景展望等角度，探讨了多元文化下的人类生存状况和多族群融合后的文化现状。

一、美洲多种族多元文化现象

实际上，多种族多元文化不是美洲特有的现象，欧洲、亚洲和非洲都有此种情况。我们之所以聚焦美洲，主要考虑诺贝尔文学尤其钟情于美洲多种族多元文化现象。

美洲是一块神奇的土地，它是人类发现最晚的一块大陆，被称为“新大陆”。

传统观点认为，哥伦布发现美洲大陆。但是，最新资料显示，早在哥伦布之前，美洲就有中国文字和中国故事记载。中国同样发现了4000年前，碳化了的美洲花生和谷物。

长安大学档案室主任赵秉中教授在史料中发现，秘鲁、墨西哥以及美国新墨西哥州等地，均发现了大量古代中国人留下的古钱、石刻、太阳石、摩崖壁画等遗物和遗迹。

1865年，在秘鲁北部的喜玉山洞中，发掘出一座银铸裸体女神像，上面铭刻着“武当山”三个汉字。

在墨西哥发掘的石盆中，有一尊泥塑人像，面貌服饰都是中国人。此外，还有秘鲁发掘的“太碑”，厄瓜多尔发掘的王莽时期的古钱，玻利维亚发掘的刻有“萨基摩尔”的汉字石碑等。

墨西哥宪法广场出土的阿斯特兑太阳石，整个布局和艺术造型来自中国的铜鼓艺术。美国新墨西哥州发现了公元前1460年的夸父追日崖画。北美发现了《轩辕黄帝族酋长礼天祈年图》和《蚩尤风后归墟值夜扶桑图》。美国沿海发现了

3000 年前的中国石锚等。

20 世纪 60 年代初，我国江西和浙江的 4000 年前遗址中发现了 6 颗已碳化的花生，还有许多种植物种籽，如芝麻、蚕豆等，说明早在 4000 年前中国与美洲就有来往。

无论是哥伦布发现美洲新大陆，还是中国人早于哥伦布发现了美洲，其实都证明一个问题，即种族融合是人类永恒的主题，科学技术越发展，社会生活越丰富，种族融合越活跃。

美洲，特别是北美洲，作为当今世界最发达的地区，多种族的集聚和融合难以避免，由此而带来的多元文化冲突同样难以避免。

在美国，多元文化冲突主要体现为种族歧视。美国白人及其祖先均来自欧洲，“欧洲中心论”的观念根深蒂固。美国黑人主要是非洲黑奴及其后代，他们是被贩卖到美国做奴隶的。

美国的种族冲突延续了两百多年，至今没有得到根本改善。记得黑人民权领袖马丁·路德·金，曾经发表过一篇著名演讲《我有一个梦想》。他说——

> 100 年前，一位伟大的美国人——今天我们就站在他象征性的身影下——签署了《解放黑奴宣言》。这项重要法令的颁布，对于千百万灼烤于非正义残焰中的黑奴，犹如带来希望之光的硕大灯塔，恰似结束漫漫长夜禁锢的欢畅黎明。
>
> 然而 100 年后的今天，我们必须正视黑人还没有得

> 到自由这一悲惨的事实。100年后的今天，在种族隔离的镣铐和种族歧视的枷锁下，黑人的生活备受压榨。100年后的今天，黑人仍生活在物质充裕的海洋中一个穷困的孤岛上。100年后的今天，黑人仍然蜷缩在美国社会的角落里，并且意识到自己是故土家园中的流亡者。今天我们在这里集会，就是要把这种骇人听闻的情况公诸世人。

白人与黑人，在美国属于世仇。种族隔离政策的发明者就是美国，后来被南非白人统治者引进到南非。关于这个问题后文会有专门论述，这里不再赘言。

在美国，很长一段时间白人的优越感十分明显，其他人种都在他们的压榨之下。这既是人种冲突更是文化冲突。现在，虽然有黑人当上了美国总统，但黑人的境遇并未得到切实改善，包括亚裔人种，同样难以进入美国主流社会。

相比美国，加勒比地区的种族问题稍微好些，但那些非洲裔移民和亚洲裔移民仍然像浮萍一样，有种找不到根的感觉。

加勒比地区位于中美洲，主要国家有多米尼加、海地、牙买加、巴巴多斯、安提瓜和巴布达、阿鲁巴、巴哈马、开曼群岛、格林纳达、瓜得罗普、马提尼克、圣卢西亚、波多黎各、特立尼达和多巴哥等。居民主要有美洲裔欧洲移民，属欧罗巴人种；被当做奴隶陆续运进的非洲移民，属尼格罗人种；还有相当数量的亚洲裔移民，属蒙古人种。除此之外，就是上述三种人种的混血儿。

在这样一个地区，其文化的多样性可想而知，而多元文化的碰撞与冲突就在所难免。

有的诺贝尔文学的作家就生活在其中，深切感受到多种族和多元文化带来的心理冲击。因此，他们笔下的景象另有一番滋味。

二、作家笔下的文化冲突与融合

多种族多元文化的碰撞与融合是个世界性问题，在诺贝尔文学作家中，非洲的索因卡，欧洲的奈保尔，美洲的沃尔科特、帕斯、莫里森，亚洲的帕慕克等，都曾经关注过这个问题。

仅以沃尔科特为例。

作为推进多元文化融合的大师级人物，沃尔科特的先天条件给了他得天独厚的文化视角。他的父亲是英国人，母亲是非洲人，祖母和外祖母是非洲黑奴的后裔。在这样的家庭中，他熟悉了多元文化氛围，掌握了英语、法语、西班牙语和圣卢西亚当地方言等多种语言，这对他日后的文学创作无疑起到了重要影响。瑞典学院认为“在这个与世隔绝的火山岛上成长的经历对沃尔科特的生活和写作有着巨大的影响。他故乡壮美的自然景色，丰富的伦理观念和文化传统给了这位西印度洋群岛的诗人无穷的力量和灵感”。

沃尔科特作为一个生活在殖民地社会的有着欧洲与非洲血统的混血儿，他的文化取向自然在白人与黑人、臣民与奴役、乡土意识与西方文明之间徘徊和取舍。这种文化情结必然转化为他作品的关键词——加勒比海、英语和非洲。

1948 年，他在中学时期就出版了诗集《25 首诗》，翌年他的第一部剧作《亨利 · 克利斯朵夫》公演。这些作品已经有了强烈的“黑白混血风格”。但是，这种风格的横空出世并没有赢得如潮的赞许，倒是招来了许多批评。英国评论家说“他的语言太地方化”，本地评论家则说“他的语言英国味太重”，而他自己却说——

我只是一个爱大海的红肤黑人，
且有着良好的殖民地文化基础，
荷兰、黑人和英国血统凝汇一身，
或许是无名小卒，或许是整个民族。

从他的《星星苹果王国》几行诗句中，我们不仅感受了“多国文化传统的联袂合唱或不同创作主题的协作交响”，而且体味了这个生活在拉丁美洲的混血黑人作家的心理困惑和非洲意识——

我，被两种血液所毒害，
将转向何方，分裂直至血脉的尽头？
我，曾经诅咒
醉臭熏天的英国警察，在这非洲
和我喜爱的英语之间如何选择？

背叛，或者全部奉还？

我怎能面对这屠杀而无动于衷？

我怎么背叛非洲而生存？

这是他在诗集《绿色之夜》中发出的诘问和呐喊。这部诗集收录了诗人 1949 年至 1960 年的诗作，是诗人的成名之作，也是加勒比英语文学的里程碑。作者运用传统诗歌体裁，描写了非洲人生活的苦难处境和当地生活习俗的不协调，揭示了多种族社会的矛盾，表达了诗人对祖国前途和人民命运的关心。

沃尔科特早期的作品大多表现了非洲土著文化、加勒比文化与西方文化的冲突意识。而他的中后期作品却一改前期作品风格，更多地反映了多元文化融合的艰难过程。如他的叙事长诗《奥梅洛斯》就是他艺术追求的重大突破。该诗共分 64 章，长达 323 页。作品以荷马史诗为楷模，叙述了加勒比地区的文化和风情，描绘了加勒比地区广阔的社会生活图景，反映了加勒比人民在迈向人类文明进程中的命运和所遇到的异质文化入侵的挑战，体现了诗人对家乡的热爱之情。这首长诗被称为“加勒比的庄严史诗”，沃尔科特被誉为“当代荷马”。

沃尔科特虽然致力于表现多元文化的冲突和融合，但他自己却时时感到灵魂的放逐。他在《“飞翔号”纵帆船》一诗中，通过叙述者之口透露了自己的痛苦和迷惘——

现在我没有民族，只有想象力。

当权力倾斜到黑人那边，他们
也像白人那样不要我了。
白人牵起我的双手道歉：“历史”；
黑人则说我不够黑，不足以使他们骄傲。

文化融合作为人类大同的软实力，是人类历史与未来的唯一承载者，可是它在融合过程中却让人撞到了坚硬的外壳。解决这个问题的唯一办法是多元文化和平共处，而不是一种文化消灭另一种文化，也不是一种文化歧视另一种文化。历史证明，多元文化的不平衡性是导致世界动荡的主要祸根。

沃尔科特似乎看到了这个问题。他试图通过剧作《猴山之梦》告诉人们殖民主义是破坏文化平衡的罪魁祸首，而全盘否定殖民主义者遗留下来的文化传统也会伤害到本土文化。这个作品深刻揭露了殖民主义者奴役当地人民的本质，展现了作者对殖民地文化中相互依存又相互斗争的矛盾发展过程的正确认识。

沃尔科特是一位通过诗歌和戏剧作品关注多元文化的作家，迄今为止共出版诗集 20 多部，创作剧本 20 多个。他的作品兼收并蓄，博采众长，取得了世界文学界公认的成就。1992 年，瑞典学院授予他诺贝尔文学奖，理由是“他的诗作具有伟大的光彩和历史视野，散发着巨大的光和热，是多元文化融合的结果”。

⊙ 索因卡：非洲文化融合的典范

尼日利亚是西部非洲的文明古国，早在两千多年前就有了比较发达的文化。著名的诺克、伊费和贝宁文化使尼日利亚享有“黑非文化摇篮”的美誉。15世纪以后老牌殖民者葡萄牙、英国分别占领这里，使“黑非文化摇篮”开始了几个世纪的风雨飘摇。直到20世纪60年代，尼日利亚才脱离殖民者的统治正式宣布独立。

在西方现代文明的冲击下，古老的尼日利亚文化停止了前进的脚步，但部落意识、宗教仪式、民族舞蹈以及图腾崇拜等却奇迹般地传承下来，使得后来的尼日利亚人既受到了古老民族文化的熏陶又沐浴了殖民文化的洗礼。

沃尔·索因卡就是一个典型代表。他于1934年7月13日出生在尼日利亚西南部阿贝奥库塔市一个知识分子家庭，属于约鲁巴部落成员，该部落在西非具有悠久的文化传统和较为富足的经济地位。索因卡的成长历程注入了太多的部落文化元素，与此同时他又受到了系统的西方教育。因此，他的文化基因库里贮存着丰富的多元文化数据。

1954年，他在本国读完了大学之后远赴英国利兹大学攻读文学。在校期间他的创作才华得到了著名戏剧评论家奈特教授的赏识和发掘，并在奈特教授的指导下完成了作为索因卡向戏剧创作发展的重要作品《沼泽地居民》和《狮子与宝石》，由此他成为英国皇家戏剧协会专业剧作家和戏剧评论家。这使索因卡有了更多机会零距离接触英国戏剧，且在兼收并蓄的基础上形成了自己的艺术风格。

1960年，尼日利亚正式独立，索因卡毅然放弃在英国养尊处优的优厚待遇，回国创建国家剧团——“1960年假面具”。同年创作了剧本《森林之舞》，该作品表现了剧中人因为身负罪孽耻于参加独立日庆典而来到森林的神秘世界中，森林之神让他们看到了过去历史的影像。原来，过去被我们神化了的英雄们和我们一样都有原罪，都有过失，都不是无瑕的完人。作品表现出尼日利亚人唯一的希望就是醒悟和自觉，只有醒悟和自觉才能实现人性和法治新国家的理想。现实中的人们应该像剧中人那样鼓起勇气，接受人性的反思和对罪孽的忏悔，以理性和纯净的心态去迎接人类文明的新境界。

索因卡的这部戏剧作品尽管熟练地使用了许多属于舞台艺术而又植根于非洲文化的语言形式和表现手法，如舞蹈、典礼、假面戏、哑剧、音乐、演说和戏中戏等，但还是引来了一场关于非洲传统文化的争论。争论一方认为，非洲传统文化是非洲历史和现实的存在方式，必须给予足够的重视和弘扬，警惕曾经阻滞了传统文化的西方文明的渗入。索因卡严厉抨击了这种不加选择地赞美传统文化的神秘性并引为自豪的保守观点，明确地反对把弘扬非洲传统文化与吸收欧洲文化对立起来的认识。他认为，这是一种不加甄别的怀旧色彩造成的，对非洲传统文化的盲目歌颂只能导致现代文化的发育不良，而无法解释非洲存在的各种问题。“一只老虎重要的不是它吼叫的形态”，“而在于它的本质，”索因卡形象地说。

索因卡后来的所有创作行为都是围绕着民族文化的“透析”而进行的。20世纪六七十年代他创作的戏剧作品《强种》《孔其的收获》《路》《疯子与专家》等，都从不同角度揭示了非洲和尼日利亚的社会矛盾冲突和特权腐败现象。有评论家认为，他的作品反映了“普遍存在的问题”，写出了“在表面现象下隐藏着的腐败结构”。

他还勇敢地扮演了社会良心角色。1965年因反对当局的舆论控制制度，他擅自在电台发表抵制大选结果的言论而被捕，1967年又因抗议军事政变再次入狱，1983年尼日利亚新总统布哈里执政后，对他实施了长期迫害，2003年再因参加反政府示威被捕。但索因卡每次面临政治变故都临危不惧初衷不改，被历届政府视为危险人物。

1986年，索因卡终于登上了世界文学顶峰，摘取了诺贝尔文学奖桂冠，成为第一位获得该奖的黑非洲作家。他的获奖评语是：“以其广阔的文化视野和富有诗意的遐想影响了当代戏剧。”

⊙ 奈保尔：游牧在后殖民语境中

2001年10月11日凌晨，瑞典文学院终身秘书霍勒斯·恩达尔兴冲冲地将电话打到英国作家维·苏·奈保尔的寓所，向奈保尔传递获得诺贝尔文学奖的消息。接电话的是奈保尔的妻子阿尔维。当时这位傲慢的文学大师正在睡觉，妻子急忙叫醒他并说明电话来自远方，奈保尔好不耐烦地从床上爬起来。当得知这个天外飞来的喜讯时，奈保尔欣喜若狂。他说：“我高兴极了，这完全是意外的荣誉。这是对英国，我的家乡，以及对印度——我祖先的家乡的巨大贡献。”

奈保尔于1932年出生在中美洲特立尼达和多巴哥的一个印度人家庭。他的祖先原属印度北方邦的婆罗门种姓，因为家道败落，祖父作为契约劳工来到特立尼达，在甘蔗种植园里谋生。

奈保尔6岁时随做记者的父亲迁到首府西班牙港，在那里读完了中学且以优异成绩取得政府奖学金，前往英国牛津大学攻读当代英国文学。毕业后，在父亲的鼓励下开始文学创作。1957年，他发表了第一部小说《神秘的按摩师》。小说追忆了作者在特立尼达度过的童年岁月，描写了当地各阶层人民的生活经历。作品糅合了契诃夫式的幽默和特立尼达土著人即兴编唱的小调，确立了他作为幽默作家和游牧写手的地位。这部作品的出版，进一步激发了奈保尔的创作热情，此后他全身心地投入文学事业，作品内容涉及英国、中美洲、印度以及伊斯兰世界。迄今为止，他已出版长篇小说、中短篇小说集、游记散文集等30余部。

奈保尔最有代表性的作品应为小说集《抵达之谜》。小说描绘了作者曾经居住过10多年的英国威尔特郡乡村旷野的景色，其中包括那里的民俗人情及其发生在那片土地上的变化，也穿插了作者对身边事物的感悟和外出旅游时的心情记录。这部被冠以“半自传体小说”的作品，在艺术上打破了纪实与虚构、小说与散文的界限，大胆借鉴了意大利画家基里科的笔法，将捕捉到的外界事物留存在心中的影像冠以诗意的、抽象的、神秘的色彩，通过流动而又空灵的语言，呈现出回味绵长的生动画面，仿佛是对所经历过的人和事的一次再检阅。

有评论说：“所谓‘抵达之谜’，是改变事物面貌的某种力量的潜入，是时光迁移中对残影的迷惑和留恋，是对往日回望的感知与叹息，是宁静中的回忆。它具有岁月的味道和迷惘中的美感，是对死亡阴影最终降临和时光流逝的形而上困惑的探询。这其中包含了他对人世普遍面临状态的沉思，还暗含了他对自身境遇变迁的象征：他就像基里科画中的那位外来的抵达者，从遥远的殖民地特立尼达岛来到大英帝国，作为印度裔的皮肤黝黑的外族者居住在威尔特郡，而庄园主就是基里科画中的那位本地人，他与大英帝国一样怀念着过去拥有的荣光。奈保尔目睹着庄园的衰败，尽管他与庄园主是两种人，但仍不免在心中引起伤痛，并试图寻找促使这一切变异的根源及本质。”

奈保尔的创作虽然竭力想融入英国主流文化，但他血脉里毕竟流淌着印度人的血液，这就注定了奈保尔的作品体现的主题一定是殖民国家本土文化受到的冲击、后殖民时代殖民地人民精神家园的丧失以及外来移民在精神上的失重。因此，我称他为“后殖民语境中的游牧写手”。

他的印度三部曲《幽暗国度》《印度：一个受伤的文明》《印度：百万叛变的今天》就是他游牧于后殖民语境中的见证。三部曲描述了印度历史与现状、民俗与文化、赞美与反思、回忆与联想。

作者以他独特的身世和视角解读这个拥有几千年历史文明的古国，向人们展现了一个与欧美人描写的印度，与印度电影中的印度都不相同的印度，可以说他给了我们一把认识印度的钥匙。

奈保尔的后期作品特别对伊斯兰世界给予了深切的关注。他在自己的作品《在信徒中间》及《何以置信》中，大胆提出了自己的观点：宗教激进主义是最原始的一种帝国主义，它使穆斯林不愿与本国其他群体和平共处，甚至不愿与倾向不同的穆斯林和平共处。目前世界上绝大部分战争，发生在穆斯林与别的民族或穆斯林与穆斯林之间。这种情景是高度文明的当今世界必须警惕的，它再次验证了物质世界的进步不一定推动人类精神的进步，这就是悲观主义存在的理由。

奈保尔游牧在多元文化和多种文学样式之间，表达着一位具有政治责任感的作家的爱与恨、喜与悲、情与仇，流露出他对现代社会和人类本性的怀疑态度。

2001 年，瑞典学院以“将深具洞察力的叙述和不为世俗所囿的详细考察融为一体，促使我们看清被隐蔽的历史真相”的评价，充分肯定了奈保尔的文学成就。

⊙ 帕慕克：描绘心灵世界的“呼愁”

土耳其是一个文化多元的国度。

它头枕小亚细亚半岛，脚踏巴尔干海岸，自然成为亚非欧文化汇流的桥头堡。人种发源于中国新疆阿尔泰山一带，史称突厥。公元 7 世纪突厥汗国被唐所灭，14 世纪初建立奥斯曼帝国。15 世纪进入鼎盛期，版图扩及欧亚非三大洲，17 世纪末开始衰落，20 世纪初沦为英法德等国的附庸。后来几经奋斗战胜外来侵略军，建立政教分离的民主共和国。

奥尔汉·帕慕克就出生在这个国家的第一大城市伊斯坦布尔。他的祖父和父亲都是建筑工程师并有雄厚的家族企业，长辈们希望这位聪慧绝顶的孩子继承家族事业。帕慕克谨遵父命，他从罗伯特英语学校读完中学以后，随即考入祖父和父亲就读过的伊斯坦布尔技术大学攻读工程建筑专业，从而书写了一家三代人就读同一学校同一专业的传奇。三年后他毅然放弃这个专业，进入伊斯坦布尔大学学习新闻。毕业后他没有从事新闻职业，而是一头扎进了文学创作里，决心当一名小说家。

1979 年，这位“初生牛犊”完成了他的处女作《塞夫得特州长和他的儿子们》。小说结合他自己的生活经历，通过一个传统的一家三代的家庭故事，描绘出一个富于西方文化色彩的奥斯曼生活方式的画卷。小说发表以后，引起了图书市场的广泛兴趣，他也随之进入畅销书作家的行列。

处女作的出版和轰动效应，为帕慕克的文学创作增添了不竭的动力，此后，他又陆续创作了《寂静的房子》《白色城堡》《黑色之书》《新人生》《我的名字叫红》《雪》《伊斯坦布尔》等充满着城市记忆的作品。

这些作品都是帕慕克所见所闻所思所想的升华版，有着浓厚的生活底蕴和深邃的思想积淀并富于斑斓的多元文化色彩。正如他在诺贝尔文学奖颁奖仪式上所说："我知道，今日的西方——一个我可以将其定义为过度为其财富而骄傲的世界，给我们带来了文艺复兴、启蒙运动、现代化，还有最愚蠢的委屈与自我的满足。如所有的作家都知道的一个事实——无论我们的最初意图是什么，这个世界上我们用许多年的创造和写作所期望的，在最后却被转移到另一个地方。而即便这样，对于我来说，这个世界的中心就是伊斯坦布尔——并不只是因为我一直在这里生活，还因为，在最近33年里，我描述过这里的街道，这里的桥，这里的人们，这里的狗，这里的房屋，这里的教堂，这里的喷泉，这里奇怪的英雄，这里的商铺，这里的有名角色，这里的黑暗污点，这里的白天和黑夜……它们已融为我的一部分。"

帕慕克的作品就其风格而言无不洋溢着油画般的后现代主义韵味，它既有现代主义的华丽外表又有现实主义的深刻内涵，在灵与肉的结合上呈现出完美境界。他的处女作《塞夫得特州长和他的儿子们》犹如托马斯·曼的《约瑟夫和他的兄弟们》，都讲述了一个非常现实的家庭故事。他的《寂静的房子》又十分类似福克纳的作品，在陈述中带着黑色幽默。但他后来的作品，如《白色城堡》《黑色之书》《新人生》《雪》等，则更靠近现实主义。无论是后现代主义或是现实主义，都证明了法国大诗人马拉美的一句名言："世界上一切的存在都是为了被写进书中。""小说这种文学样式使它具有了吸收世界上一切存在的可能。想象——将意义揭示给他人的能力——是人性中最大的力量，许多世纪以来，其最真的表达是在小说里。"

帕慕克的长篇小说《我的名字叫红》就做了最真的表达。这部小说讲述了16世纪宗教压迫最盛行的土耳其发生的一桩宫廷谋杀案。当时的土耳其苏丹缪拉三世要向订婚的威尼斯总督赠送礼物。为了显示自己至高无上的权威，苏丹秘密委托宫廷艺术家以法兰西画作为蓝本绘制细密图。但由于伊斯兰传统认为具象写实的欧洲风格亵渎神明，所以被禁止运用。领衔细密图制作的艺术家奥斯曼为躲避风险，将这项任务交给了另外几个宫廷艺术家。这几个艺术家在皇家画室秘密工作，但他们不知道服务对象是谁。当其中的艺术家厄利什特怀疑手稿违反禁令并威胁将公开谴责该项工作时，他的生命便永远从宫廷画师的行列中消失了。面对这起复杂的宫廷谋杀案，苏丹王要求必须在三天之内破案，否则就拿所有艺术家是问。厄利什特的侄儿布莱克恰好负责该案的调查工作。布莱克是一位曾被放逐了12年的旧吏，原来他与厄利什特的女儿谢尔库恋爱，此时他对谢尔库又旧情复燃，可是谢尔库已经是两个孩子的母亲了……在这个复杂曲折的故事中展现了宏大的土耳其历史画卷，也终使帕慕克成为欧洲当代最优秀的作家。

他的优秀在于作家的良心一直在那片充满着矛盾和傲慢的土地上熠熠发光。就在他获得2006年诺贝尔文学奖前夕，他还直言而叛逆地揭露了他的祖国——土耳其一个惊人内幕："有100万亚美尼亚人和3万库尔德人曾在土耳其这块土地上被杀害，土耳其有罪。"因此，他被伊斯坦布尔检察官指控犯有"侮辱土耳其国格"罪。这个消息传到瑞典首都斯德哥尔摩，吓坏了那些即将宣布帕慕克获奖的诺奖评委们，他们一致决定推迟公布这个结果，以免引火烧身。但瑞典文学院发言人给出的理由却是："如果这个猜测是正确的话，我想文学院的举棋不定不是因为他们害怕被卷入政治漩涡，而是对文学评奖该不该受政治影响意见分歧。"

帕慕克则处之泰然。

第六章

独裁与反独裁的书写

独裁，既是历史性话题，也是世界性话题。

权力的魔杖一旦落到强人手里，独裁就不可避免，灾难也不可避免。从奴隶社会的奴隶主，到现代社会的大总统，从国家元首到宗教领袖概莫能外。

独裁，往往是伴随着血腥而生存壮大的。不可一世的拿破仑、战争狂人希特勒、军事强人皮诺切特、西亚雄狮萨达姆、非洲魔头卡扎菲以及一些极端主义宗教领袖，无不是嗜血的魔王。

德国社会学家马克思·韦伯认为，独裁的形成，与独特的个人魅力有关。在独裁政府中，也会大力鼓吹个人崇拜。问题的症结就在这里，历史已经证明，独裁的本质是恐怖和服从。只有恐怖才可能摧毁人类的良知，进而产生狂热的造神浪潮。这个过程往往是暴风骤雨式的，常常伴随着流血和杀戮。

这与动物世界的王者轮替道理相似。

狮子家族的霸主更替，一定会伴随着老狮王及其后代的战死以及新狮王及新秩序的诞生。人世间的独裁者虽然不会将老独裁者的臣民整死，但老臣民必须臣服于新独裁者。

这个过程当然是恐怖的。

接下来的事情只有两个字：服从。

一、独裁是人类难以消弭的噩梦

历史已经证明，独裁是人类的噩梦。

大独裁者希特勒、墨索里尼、裕仁天皇的罪孽自不必说，下面仅以拉丁美洲为例。

拉丁美洲，通常指美国以南的美洲地区，面积 2056.7 万平方公里，人口 5.88 亿。主要人种为印欧混血种人、黑白混血种人。主要国家有巴西、哥伦比亚、墨西哥、阿根廷、智利、玻利维亚、秘鲁、委内瑞拉、厄瓜多尔、乌拉圭等。

印第安人是拉丁美洲文明的开拓者，早在公元 10 世纪，居住在这一带的印第安部族——印加人，就建立了以秘鲁南部库斯科为中心的印加帝国。到 15 世纪鼎盛时期，其疆域北起厄瓜多尔北部，南达智利的塔尔卡，人口约 900 万～1200 万。当时农业已相当发达，栽培玉米、豆类、马铃薯、木薯等作物。

这些农作物是印第安人对人类的巨大贡献，在生产力极端不发达的过去，只有依靠这些农作物才能与天斗与地斗，基本上可以做到旱涝保收。

16 世纪初，葡萄牙人占领巴西，西班牙人统治了除巴西以外的南美洲广大地区。16 世纪末，英国人、法国人和荷兰人经过激烈争夺，分割了圭亚那地区和近海岛屿。从此，拉丁美洲地区进入了长达 300 多年的殖民统治时期。

18 世纪末，拉丁美洲人民开展了独立运动。1810 年，武装起义的烈火燃遍整个南美洲。经过 10 多年的浴血奋战，终于推翻了西班牙和葡萄牙的殖民统治。之后相继建立起 10 个民族独立国家。

独立后，拉美地区的土生白人掌握了多数国家政权，实行具有拉美特色的“考迪罗”式的军事独裁统治。此后，美国乘虚而入，将各国变成它的原料供应地和倾销商品的场所。这一时期，拉美地区的庄园主与美国殖民者沆瀣一气，残酷剥削拉美人民，掠夺拉美资源。为此，拉美各国人民又进行了维护国家主权的长期斗争。

第二次世界大战打响后，欧洲各国忙于“二战”，无暇顾及拉美，使得拉美地区共产主义运动风起云涌，相继出现了以古巴为代表的信奉共产主义的国家政权，这让欧美殖民者如鲠在喉，必欲除之而后快。

在美英等国的怂恿下，巴西、智利、阿根廷、乌拉圭、巴拉圭、玻利维亚等先后推翻民主政权，出现了大面积的军事独裁统治。美国这个国家令人难以言说，一方面宣扬美国价值观，一方面破坏美国价值观。回顾近百年的世界史，很多大独裁者都是吸吮着美国的奶水强大起来的。

智利的皮诺切特就是其中之一。

在拉美各国共产主义风潮中，美国暗中支持皮诺切特推翻民主政权。皮诺切特心领神会，他不仅在本国毫无顾忌，而且亲自牵头，与拉美各国军方、警方及特务机构联合建立情报网，实施“秃鹰行动”，大肆压制民主，清除左翼进步人士。

1973年9月，皮诺切特指挥军队包围智利总统府，左翼总统阿连德遇难。随即皮诺切特建立军政府，中止民主宪法，解散国会，实行严厉的言论检查，取缔左翼政党。军政府对左翼政治活动的镇压导致大约3000人被杀或失踪，超过27000人遭监禁或拷打，许多人被迫流亡国外。

在智利的影响下，阿根廷军政府步其后尘，对左翼进步人士大肆搜捕、严刑逼供、秘密处决，无所不用其极，许多无辜者被牵连受害。据民间组织调查，有名有姓的“失踪者”就有8000多人。阿根廷军政府处决疑犯的方式惨无人道，有许多民主人士是用麻袋装着从飞机上扔进沼泽地的。

巴拉圭也是独裁统治非常残酷的国家。据最近在巴拉圭国防部地下室发现的资料显示，巴拉圭独裁者斯特罗斯纳统治时期，大力推行恐怖政治，清洗军队和反对党，两次修改巴拉圭宪法，逮捕、折磨、流放、谋杀民主人士，使恐惧渗透到每个巴拉圭人的生活。即使在斯特罗斯纳统治末期，不满其统治的人民数次举行游行示威活动，但都被他派军警残酷地镇压了。

斯特罗斯纳统治时期，积极参与皮诺切特牵头的“秃鹰行动”，成为拉美独裁统治的标志性人物。随着这些独裁者的相继垮台，更多细节泄露出来，“秃鹰行动”遂被广泛批评为国家恐怖主义。

美国国务院最近解密的文件也表明，前国务卿基辛格和其他美国高级官员直接卷入了拉美各国的“秃鹰行动”。

拉美国家的近代史告诉我们，这些国家之所以产生独裁统治的土壤，与美国强权政治的植入，以及本国庄园政治的膨胀不无关系。这些独裁者掌权之后，采取的肆意掩盖历史暴行，美化独裁形象的手段，目的在于迫使人们遗忘他们用人民的鲜血筑就的恐怖铁幕。

二、鲜血铺展的拉美独裁统治

马尔克斯在他的《百年孤独》中，曾经详细描写过马贡多惨案。

这桩惨案虽然写进了小说，但它不是虚构的，是独裁者用3000人的生命铺展的。

此惨案发生在1928年12月6日。

当时，哥伦比亚香蕉工人不满独裁者的压榨，走向车站广场进行游行示威，他们的诉求很简单：改善非人待遇。而军政府则极力维护香蕉园老板的利益，军政府甚至宣称，罢工组织者是“国际阴谋集团”的特务，抗议游行是破坏社会秩序，并称抗议工人为歹徒、杀人犯、纵火犯和叛乱分子。

12月6日午夜，军政府突然转变态度，发布公告称工人们已经听从撤离广场的命令，工会领导人以崇高的爱国主义精神，同意把他们的要求减少为两条：改善医疗服务条件和在工房里建造厕所。后来还宣布说，军事当局在取得工人的同意后，立即通知了罢工组织者布朗先生。布朗先生不仅接受了这些新条件，还提出放假3天，以欢庆这次冲突的结束。

罢工结局真的如此喜剧吗?

实际情况是，罢工数月的香蕉工人在进行了种种抗议、游行之后，听从政府呼吁，聚集在车站广场，等候军政府要人前来调停。而军政府却派军队包围了广场，架起机枪。当时广场上有3000多人，包括一些妇女、儿童。军队命令广场上的人五分钟内离开广场，工人们感觉受了骗，情绪非常激动，没人听从他们的命令。五分钟后，所有机枪开始向人群扫射……

关于那桩惨案，马尔克斯在《百年孤独》中是这样描述的——

> ……上尉发出了开枪的命令，十四挺机枪立即响应。但这一切像是滑稽戏。他们仿佛在作空弹射击，因为机枪的哒哒声可以听到，闪闪的火舌可以看见，但是紧紧挤在一起的群众既没叫喊一声，也没叹息一声，他们都像石化了，变得刀枪不入了。蓦然间，在车站另一边，一声临死的嚎叫，使大家从迷糊状态中清醒过来:“啊——啊——啊——啊，妈妈呀!”好像强烈的地震，好像火山的轰鸣，好像洪水的咆哮，震动了人群的中心，顷刻间扩及整个广场。霍·阿卡蒂奥刚刚拉住一个孩子，母亲和另一个孩子就被混乱中奔跑的人群卷走了。
>
> ……举过人们头顶的孩子从上面望见，慌乱的人群开始接近街角，那里的一排机枪开火了。几个人同时叫喊:

“卧倒！卧倒！”

前面的人已给机枪子弹击倒了，活着的人没有卧倒，试图回到广场上去。于是，在惊慌失措的状态中，好像有一条龙的尾巴把人群像浪涛似的扫去，迎头碰上了另一条街的另一条龙尾扫来的浪涛，因为那儿的机枪也在不停地扫射。人们好像栏里的牲畜似的给关住了：他们在一个巨大的漩涡中旋转，这个漩涡逐渐向自己的中心收缩，因为它的周边被机枪火力像剪刀似的毫不停辍地剪掉了——就像剥洋葱头那样。孩子看见，一个女人双手合成十字，跪在空地中间，神秘地摆脱了蜂拥的人群。霍·阿卡蒂奥也把孩子摔在这儿了，他倒在地上，满脸是血，汹涌的巨大人流扫荡了空地，扫荡了跪着的女人，扫荡了酷热的天穹投下的阳光，扫荡了这个卑鄙龌龊的世界；在这个世界上，乌苏娜曾经卖过那么多的糖动物啊。

……尸体塞满了整个车厢，只是车厢中间留了一条通道。大屠杀之后大概已过了几个小时，因为尸体的温度就像秋天的石膏，也像硬化的泡沫塑料。把他们搬上车来的那些人，甚至还有时间把他们一排排地堆叠起来，就像通常运送香蕉那样。霍·阿卡蒂奥打算摆脱这种可怕的处境，就从一个车厢爬到另一个车厢，爬到列车前去；列车驶过沉睡的村庄时，壁板之间的缝隙透进了闪烁的亮光，他便看见死了的男人、女人和孩子，他们将像报废的香蕉给扔进大海。他只认出了两个人：一个是在广场上出售清凉饮料的女人，一个是加维兰上校——上校手上依然绕着莫雷利亚银色扣子的皮带，他曾试图在混乱的人群中用它给自己开辟道路。到了第一节车厢，霍·阿卡蒂奥往列车外面的黑暗中纵身一跳，便躺在轨道旁边的沟里，等着列车驶过。这是他见过的最长的列车——几乎有二百节运货车厢，列车头尾各有一个机车，中间还有一个机车。列车上没有一点儿灯光，甚至没有红色和绿色信号灯，他沿着钢轨悄悄地、迅捷地溜过去。列车顶上隐约现出机枪旁边士兵的身影。

半夜以后，大雨倾盆而下。

马尔克斯之所以不厌其烦地重复着“那场大雨”，意图是提醒人们怠惰与健忘是人类重复自己错误的根源。我们不能让“那场大雨”洗清独裁者的罪责，要把他们的罪行袒露在阳光之下，只有这样，人类才可能一路艳阳。

三、对拉美独裁者的魔幻痛斥

米格尔·安赫尔·阿斯图里亚斯，继承拉美魔幻现实主义文学传统，以大无畏精神直戳独裁者的软肋，是拉美政治小说的主要代表人物。

他于1899年出生在危地马拉城，父亲是一位知名的法官，由于不满当时的总统卡夫雷拉的独裁统治而遭到迫害，全家被迫迁至内地小镇萨拉马隐居。在这个印第安人聚居的小镇上，阿斯图里亚斯度过了童年和少年时代，因此他对印第安人的部落生活、古老文化、神话传说耳熟能详，这些都成为他日后从事文学创作和印第安文化研究的重要素材。更重要的是，父亲的坚毅性格和民主思想在他身上得到了培养。

中学毕业后，他告别小镇来到危地马拉城，继续大学学业。从这时起他开始了文学创作，这位不安分的年轻人一出手就对准了独裁统治，后来终于成了军方势力的眼中钉被赶出国门。1923 年他离开危地马拉来到英国伦敦攻读政治经济学，后到法国侨居。生活稳定下来之后，他全身心地投入了文学创作，出版了以印第安神话为素材的短篇故事集《危地马拉传说》，另有一些诗作发表在法国各地报刊上，直到 1949 年才由作者整理出版，书名为《云雀的跳动》。

1932 年危地马拉卡夫雷拉独裁政权垮台，阿斯图里亚斯欢天喜地地回到了祖国，但新上台的总统乌维科却执行了一条更加独裁的路线，这使阿斯图里亚斯非常愤懑。他要用手中的笔为危地马拉人民和苦难的印第安人讨个说法，因此他将早已准备好的重磅炸弹——长篇小说《总统先生》抛向了独裁政权。

这部小说以卡夫雷拉和乌维科血腥的军事独裁为背景，进行艺术加工和升华，广泛反映了整个拉丁美洲犹如地狱的黑暗统治，讲述了残酷的法西斯统治者将人民置于水深火热之中，许多无辜的人被杀害的情景，对独裁统治进行了愤怒的控诉和痛快淋漓的揭露。

《总统先生》以具有国际政治意义的深刻主题和富有想象力的写作技巧轰动了整个拉美文坛，开辟了在拉美国家以揭露独裁政治为题材的文学艺术作品的先河，也开创了用魔幻现实主义手法表现作品主题的先驱。

魔幻现实主义源起于欧洲上世纪 20 年代，德国文学批评家弗朗茨罗发表了一部题为《魔幻现实主义，后期表现派与当前欧洲绘画的若干问题》的著作，从此魔幻现实主义在欧美流行开来。魔幻现实主义就是通过“魔幻”的手法表现现实生活，“变现实为幻想而不失其真”是魔幻现实主义最基本的创作原则。“魔幻”能够植根于拉美文化，主要是契合了印第安人民族思维方式，这一点从阿斯图里亚斯的作品中看得清清楚楚。

阿斯图里亚斯作为拉美魔幻现实主义代表人物，发表了很多魔幻现实主义作品，如长篇小说《玉米人》《疾风》《绿色教皇》等都是充满着魔幻风格的作品。而且他对象征主义、表现主义、超现实主义和意识流等现代派表现手法采取了兼收并蓄的积极态度，使他的作品产生了神奇的艺术效果。

1954 年，危地马拉民主政府再次被独裁势力推翻，他被迫流亡阿根廷。在阿期间，他创作了中短篇小说集《危地马拉的周末》、长篇小说《被埋葬的眼睛》等，这些作品着重描写了危地马拉农民由于被美国垄断资本夺走了土地而沦为游民的悲惨境况，揭示了垄断资本的殖民性、掠夺性和残酷性。特别是在不发达国家，资本对民众的伤害是不言而喻的，他们与官僚狼狈为奸形成一股强大的恶势力，绑架公权力、垄断话语权、掠夺自然资源，把民众强行变为自己的奴隶，这种现象是值得我们警惕的。

阿斯图里亚斯晚年致力于和平运动，1956 年曾来中国访问，参加过纪念鲁迅的活动。1957 年他由于对唤起拉丁美洲民族意识所作出的杰出贡献被授予列宁和平奖。

就在他被任命为危地马拉驻法国大使的 1967 年，传来了他荣获诺贝尔文学奖的消息，获奖评语是："他的作品深深植根于拉丁美洲印第安人的民族气质和传统之中。"这一时期，他创作了小说《珠光宝气的人》《混血姑娘》《马拉德龙》等作品。

⦿ 马尔克斯：魔幻与现实编织的孤独图景

加夫列尔·加西亚·马尔克斯无疑是 20 世纪最伟大的小说家之一，是他把魔幻现实主义推到了登峰造极的地步。

这是一个奇怪的现象，起源于欧洲的文学流派，却在南美洲发扬光大。是什么文化动因促成了这个文学流派的大迁徙并在南美洲落地生根呢？

这要追溯到 20 世纪 20 年代，委内瑞拉作家彼特里率先将魔幻现实主义运用于拉美文学以后，随之一个具有新奇活力的作家群体和一大批"爆炸文学"迅速崛起。如危地马拉的阿斯图里亚斯及其作品《玉米人》、古巴作家卡彭铁尔及其作品《这个世界的王国》、墨西哥作家鲁尔福及其作品《彼得罗·巴拉莫》、秘鲁作家阿格达斯及其作品《深沉的河流》和哥伦比亚作家马尔克斯及其作品《百年孤独》等。

这些作家的作品从文学主题学层面和时代文化意义层面分析，无不高扬着反奴役、反独裁和反极权的旗帜，彰显着对拉丁美洲历史命运的追思和憧憬——

在拉丁美洲这片神奇的土地上，“印第安人”始终是一个特殊问题。早年，他们的祖先曾经是这片土地的主人，他们有自己的文化传统和思维方式。近代以来，欧洲殖民者用枪炮征服了土著民族，印第安人沦为奴隶。阿斯图里亚斯的《玉米人》就是反映印第安人遭受奴役，反抗统治阶级压迫的真实写照。

进入20世纪以后，南美人民用鲜血和生命换来了国家的独立，但是取而代之的却是独裁和极权。马尔克斯在接受诺贝尔文学奖的致辞中这样描述独裁者荒谬残酷的统治：“我们摆脱西班牙统治而独立，却仍未摆脱某些人的疯狂行径。做过墨西哥三任总统的独裁者圣大阿纳曾经为他在战争中失掉的右腿举行盛大葬礼。独裁统治厄瓜多尔16年之久的莫伦诺将军，在他死后，尸体还要坐在总统宝座上，穿着全套军礼服，还要挂满勋章。自称能够通神的萨尔瓦多暴君马蒂内兹将军，曾在一次疯狂屠杀中，一举杀害三万农民。”

我铺陈如此多的历史背景目的在于阐明魔幻现实主义兴起的根源，即被奴役的心灵通过隐晦的方式表达对邪恶的谴责和对自由生活的渴望，以及作家面对独裁和极权采取的心灵写作手法。它的优势体现在描写与抨击一切邪恶力量抑或憧憬与现体制相悖的美好前景时可以进入象征、荒诞和意识流等叙事状态，营造一种“变现实为魔幻而不失其真”的文学语境。马尔克斯的长篇小说《百年孤独》，就是魔幻现实主义作品的集大成者。

《百年孤独》通过马孔多小镇布恩迪亚家族百年兴衰史展现了拉美大陆的命运。小说描写了哥伦比亚内战、西班牙殖民统治、美国联合果品公司在拉美的掠夺行径，也描写了布恩迪亚家族六代人的幻想、爱情、孤寂和死亡。通观民族历史和家族脉络，我们不能不说这个家族中的大多数成员是有理想有追求有热情的，但是他们的美好憧憬总是在艰苦的努力中落空，到头来只能在心灵的孤独状态下了却一生。家族中的人爱情不美满，往往是以乱伦、纵欲、守寡、痴恋、外遇等形式出现的。家族一代又一代的衰落象征着整个拉美大陆的悲惨命运。

整部小说时间与空间的转换随心所欲，魔幻与现实的界限虚实难辨。作家认为，这种叙事技巧是拉丁美洲人的思维方法，是拉丁美洲的现实生活独有的特征，不这样写，不足以表现拉丁美洲这片神奇土地上所发生的一切。

尽管如此，马尔克斯仍然觉得“许多人都认为《百年孤独》是我的巅峰之作，其实我个人认为，迄今为止，应该是《家长的没落》。《家长的没落》才是我自始所冀求的。”《家长的没落》淋漓尽致地揭露了独裁者尼卡诺的种种倒行逆施和唯我独尊、虚伪狡诈、凶狠残暴、荒淫无耻、色厉内荏、昏聩衰老的嘴脸。

对于独裁和极权，马尔克斯非常深刻地指出：“极权是人们创造的最高级、最复杂的成果，因此，它同时兼有人的一切显赫权势以及人的一切苦难和不幸。”他认为“政权会腐败，而极权则绝对会腐败”。

马尔克斯是一位天才作家，早年深受现代派文学大师乔伊斯、卡夫卡和福克纳等人的影响，同时也研究和模仿阿拉伯民间文学和印第安神话传说等传统文化，从而形成了以魔幻与现实交错的情节来揭示人物独特性格的写作风格。马尔克斯从大学时代发表

第一部作品开始直到目前，已发表重要作品20多部。

由于他在世界文学领域的独特贡献，1982年瑞典文学院授予他诺贝尔文学奖，理由是“以现实和幻想相结合的手法描写了神秘的哥伦比亚历史，进而反映了整个南美大陆丰富多彩的现实”。

获奖后，他仍然笔耕不辍。近年他又相继出版了长篇小说《爱情与其他邪魔》《绑架的消息》《我对不幸的妓女们的回忆》等。

⊙ 略萨：天堂在另外那个街角

2010年的诺贝尔文学奖，一改过去几年连续爆冷的尴尬局面，实至名归地颁给了秘鲁作家马里奥·巴尔加斯·略萨（Mario Vargas Llosa），以表彰“他对权力结构图示般的深刻解析和对个体抵抗、反叛以及挫败感的精确刻画”。

略萨是国际文坛公认的“结构现实主义文学大师”。早在20世纪60年代，他就与墨西哥作家富恩特斯、阿根廷作家科塔萨尔、哥伦比亚作家马尔克斯一起被誉为拉丁美洲“文学爆炸”四大主将。

那一时期，拉美国家刚从被奴役的睡梦中醒来，理想主义的灵光为他们增添了生存的希冀。殖民主义与民族解放、独裁统治与民主自由、贫困愚昧与现代文明、经济殖民与大众生存等多种冲突风起云涌。在这个社会大动荡大变革的革命化时代，一批有政治责任感的文学志士纷纷拿起笔，揭露和控诉压制人民自由生存的种种罪恶。“文学爆炸”就是直面这些问题的产物，在他们看来，运用各种文学技巧把所有阻滞人类文明进步的梦魇晾晒在阳光之下，是文学必须承担的历史责任。这种百舸争流的文学奇景铺陈在心理现实主义、社会现实主义、结构现实主义、魔幻现实主义、神奇现实主义、恐怖现实主义的艺术挂壁之上，自然产生了震撼世界的文学效果。

在这些文学流派中，结构现实主义和魔幻现实主义是最具艺术感染力的两面旗帜。

结构现实主义，兴起于第二次世界大战之后，阿斯图里亚斯在其短篇小说《危地马拉周末》中初作尝试，略萨的长篇小说《潘达雷昂上尉与劳军女郎》为代表作。它力争突破传统小说模式，创造新的叙事方式和结构形式。它强调作品的立体感，要求作者动员所有感应器官，将主观世界的全部感受和客观世界的全部表现都囊括在作品之中，不仅使读者有视觉感受，而且有听觉、味觉、触觉等感受。它还借鉴电影技巧和绘画透视原则，追求情感、色彩、温度、语言等立体效果。它还把立体主义画派的结构零件说移植到作品中，强调作家在认识和体验现实的基础上，将现实中最能表现本质和令人感兴趣的成分提炼出来，在不歪曲原始素材的前提下，按作家的意愿重新组合一个活生生的文学世界。它一般不以塑造个体人物为中心，而是以社会或集团为创作对象。

该流派受萨特影响较大，认为文学的目的在于干预社会、干预政治。它主张采用一种直接的手段去描绘或者揭露现实。它讲究艺术创新，在结构上多变而新颖，要求多角度、多人称、多层次、多镜头、多时序地进行描写。同时广泛吸收西方现代派技巧，尤其是能为立体小说服务的新方法，如意识流、自由联想、内心独白、象征、梦呓、隐喻等手法。

略萨作为结构现实主义文学的代表作家，其作品在内容上有很强的现实性，尤其在结构形式上对欧美当代文学产生了巨大影响。

略萨的文学创作开始于 1953 年，当时他正在读中学五年级，由他编剧并导演的话剧《印加王的逃遁》公演成功，并获得秘鲁教育部文艺创作奖。此后，他的作品如行云流水相继面世。其间，他的小说《挑战》（1957）、短篇集《首领们》（1959）、长篇小说《城市与狗》（1963），相继获得欧美文学大奖，显示了这位天才作家的雄厚实力，恰是这几部作品奠定了他蜚声国际文坛的文学地位。

1965年，他的代表作《绿房子》横空出世，这部作品如晴天霹雳在欧美上空炸成一道耀眼的彩虹。该作品的故事情节围绕着皮乌拉市一座有名的妓院——绿房子展开，在这个巨幅画卷中，读者看到了城市生活的尔虞我诈、人际疏离，也看到了与城市相关的落后地区官匪勾结，杀人越货，掠夺剥削土著民族的残酷现实。作者运用独具匠心的叙事技巧，深刻反映出秘鲁社会发展进程中出现的种种矛盾和冲突，描绘出一副秘鲁北部森林地区现实生活的广阔图景。

略萨的前期作品主要表现人在压抑环境中的生存状态，诸如揭露和批判独裁统治、官僚腐败、贫富悬殊、社会不公、种族歧视、军警横行、党派恶斗等。这一时期的主要作品有：《幼崽》（1967）、《酒吧长谈》（1969）、《潘达雷昂上尉与劳军女郎》（1973）、《世界末日之战》（1981）、《狂人玛伊塔》（1984）、《谁是杀人犯》（1986）等。在这些作品中，作者寄托了太多的文学抱负，创造出了更加丰富和立体的小说结构和叙事方法，成功地将拉丁美洲复杂的历史和现实画面呈现给了读者。他的小说题材广泛，直面拉丁美洲独特的现实生活，以朦胧而又写实的笔法猛烈抨击社会弊端，成为文学史上特色鲜明的新传奇。

他认为，小说是虚构中的真实，真实中的虚构——它在虚构和真实之间，与二者只差那么一步："缩短小说和现实之间的距离、在抹去二者界线的同时，努力让读者体验那些虚构，仿佛那些虚构就是永恒的真理，那些虚构就是对现实最严实、最可靠的描写。这就是伟大小说最大的前瞻行为——让我们相信世界就如同作品中讲述的那样，仿佛虚构并非虚构，仿佛虚构不是一个被沉重地破坏后又重建的世界，以便平息小说家的那种本能——无论他本人知道与否的弑神欲望（对现实进行再创造）。”这段话可以理解为略萨的心灵独白，这对我们准确把握略萨小说的深层意义具有关键作用，特别是对我们准确把握略萨晚期作品至关重要。

1993年，经过欧美游学休整的略萨迎来了他晚年的创作高峰，这一时期，他的作品不再局限于揭露和批判，而是在揭露和批判的基础上进行了卓有成效的重建，如果我们把揭露和批判理解为“真实”，那么重建就是对未来的“虚构”，略萨晚期作品充分展现了真实与虚构的融汇与柔媚。最有代表性的作品当属《公羊的节日》（2000）和《天堂在另外那个街角》（2003）。

《天堂在另外那个街角》讲述了保罗·高更及外祖母的故事。其实，外祖母的事情发生在19世纪30年代；而外孙的经历却发生在19世纪80年代以后。高更出生时外祖母已经去世四年了。外祖母是个社会活动家、女权主义推动者；外孙是个艺术家，不过问政治，追求异国情调和世外桃源的生活，向往原始人的风俗习惯。乍一看，祖孙生活的时代背景和社会氛围有所不同，但二人追求的目标却相当一致，那就是人间天堂。文学重建的意义就在于把批判作为地基，虚构作为宏大叙事的殿堂，这个殿堂的构建才是文学所要苦苦思索的解，也是历代哲学家一直探求的终极命题。

略萨的晚年作品无疑把这个殿堂建构得富丽堂皇，这不能不说是他摘取诺贝尔文学奖的重要依据。

⊙ 米勒：揭示被剥夺者的心灵苦痛

2009年，诺贝尔文学奖以其无可争辩的价值取向颁给了德国女作家赫塔·米勒。瑞典文学院给出的理由是："以诗歌的凝练和散文的率直，描写了被剥夺者的生存景况。"

这个评语的精准与深邃恰如其分地概括了米勒作品的文学价值。这种价值所包含的人类生存环境的压抑情状，强烈地警示着人们——人类文明进步的每一寸疆域都是与这种压抑情状斗争的结果。这是一个非常严肃的主题，在迄今为止的106位诺贝尔文学奖获得者中，只有原苏联作家索尔仁尼琴涉猎过。

所以，我们难以理解用"政治题材＋跨文化"的判断公式来削减米勒作品深刻性的做法，实际上米勒作品的主题已经远远超越了政治范畴，她所关注的是人类共同的生存价值而非政治倾向。她说"写作是我表达对生活渴望的一种方式"。这种渴望无不存在于严峻生活环境中的人类。就此而言，任何站在"政治高度"以陈腐的思维方式来审视米勒作品注定是浅薄的。

1982年，当米勒的第一部小说集《低地》付梓之时，罗马尼亚文化检察官愣是逼着她大面积删除了容易让人产生联想的内容，而且恐吓和骚扰常伴随着她。面对窒息的社会气氛和肃杀的文化环境，她被迫于1987年选择了向她的母语国——德国逃亡。此后创作的《独脚旅行记》《那时狐狸就是猎人》《卫兵拿起他的梳子》《绿梅树的土地》《国王鞠躬而杀》《呼吸的震荡》等20多部作品都是在德国完成的。

在这些作品中，尤以长篇小说《绿梅树的土地》最能代表她的作品风格。小说开始于一座大学的女生宿舍。故事背景是独裁统治下的罗马尼亚，贫穷的女孩罗拉来到这所大学学习俄语。在这个被剥夺了基本生存条件、人的尊严和思想的城市里，罗拉这个农村女孩显得很不适应，她在平素的生活中莫名其妙地遇到了恐吓、骚扰、侮辱和性虐待。特别是那些大摇大摆偷食大街两旁梅树上的青涩梅子的警察对罗拉的跟踪和折磨，使罗拉陷入了极度的恐惧之中。这种情景在该作品的几个主人公身上都成了挥之不去的心魔。

小说的叙述者是罗拉和其他主人公的好朋友，她很快也成了政治上怀疑的对象。当她最后离开大学时，她发现自己的床上有一件意外之物——“当我拿起毯子拆下被套时，我发现一只猪耳朵正在床单中央！那便是那个女孩道别的方式！我抖动着床单，但那只猪耳朵没有掉下来，它就像纽扣一样被缝在了上面。”

在那个随处都有“猪耳朵”的环境中，罗拉和其他主人公无奈选择了自杀。叙述者虽然没有走上绝路，但也被逼选择了逃亡。整部作品像绘画般将每一个细节都镶进那个窒息的大背景中加以展现，作者试图通过压抑的主题、诗化的语言、断片式的叙述方式营造一种复杂而深切的令人置身其中的痛苦感——“不见天日的痛苦，旁观他人痛苦的痛苦，由人及己的痛苦，对落入圈套、被逼迫、被摆布、被勒索、被戏耍、被分类、被羞辱之恐惧所带来的痛苦”，所有这些元素都构成了专制与独裁对人类生命残酷剥夺的壮观图景。

米勒的作品大都围绕着这一主题展开，她说：“不是我选择了写什么，而是写作内容选择了我。”恰恰是刻在她生命年轮上的这些内容像疮疤一样时刻在她脑海里翻滚，促使她难以安生地进入一种思索状态。米勒——这位出生在罗马尼亚一个边陲小镇上的德裔少数民族女性，注定了她生命历程的多舛。早在第二次世界大战期间，其父以及他的德裔同胞就与希特勒达成共识并踊跃参加了纳粹党卫军，成为希特勒控制和压迫罗马尼亚人民的“鹰犬”。“二战”以后其母代夫受过，被押解到乌克兰集中营做了五年苦役。历史的巨大污点像一盘偌大的石磨碾碎了米勒光明的前程，使她经受了恐惧造成的惶惶不可终日直至逃亡的悲惨生活。她的新作《呼吸的震荡》就凝视了这一苦难生活的深渊，从她那具有罗马尼亚特色的德语叙述中，我们看到了一颗被独裁剥夺了的心灵在苦海中挣扎的惨状。

人类已经进入了高度文明的21世纪，这种惨状似乎还在世界上的某些角落继续着。文学作为人类文明进步的旗帜有责任在消除这种惨状的伟大战斗中发挥作用，这或许就是诺贝尔文学奖所追求的永恒价值。

第七章
种族隔离下的民族命运

种族隔离是人类文明进程中，一个具有里程碑意义的奇耻大辱。它不仅毁灭了人类的尊严，也使得人类生活变得苦难而艰辛。因此，许多诺贝尔文学作家，诸如美国的莫里森、南非的戈迪默和库切，都给予了极大的关注。

他们从不同角度，揭露了种族隔离的种种罪恶，让人们认识到这个制度一天不除，人类就永无幸福和美满。

美国虽然在《独立宣言》中主张“人人生而平等”，但在此后的一百多年间，却实行了严格的种族隔离政策，那些具有欧洲白人血统的族群享有优越的权力地位，而非裔、亚裔与种族混合血统族群则受到他们的奴役。

这种反人类的制度，后来被移植到了南非，并由那里的白人统治者推到了严酷的极致。我们所熟知的黑人民权领袖纳尔逊·曼德拉一生投身反种族隔离运动，最终取得胜利。

种族隔离政策虽然只在美国和南非实施过，但种族问题却是世界性问题，几乎在世界的每一个角落都可以看到种族歧视现象。

文学作为人类命运的关注者和探索者，不能不在这个问题上发出自己的声音。

一、美国文学中的反种族歧视

这里需要简单回顾一下美国历史。

19 世纪中叶，欧洲工业革命促进了美国经济的迅速发展，与此同时，美国获得了西部大片领土，随着新的行政区划设立，新成立的州府主张废除奴隶制，这一主张得到了北方统治者的支持，而南方奴隶主则坚决反对。由于南方奴隶主在国会及政府中占据统治地位，使得废奴主张接连遭遇挫折，从而激起了北方人民的愤慨。

南北战争随即开始，时间是 1861 年 4 月 12 日。

战争初期，北方军队优势明显，但南方军队作了充分的军事准备，而且时任美国总统布坎南作为奴隶主代理人，曾把大量武器和金钱输送到南方。

战争初期，北方军队并未占到便宜。

1863 年元旦，北方军总司令林肯颁布《解放宣言》，宣布解放黑奴，允许黑人参加北方军队，之后又颁布“宅地法”，允许所有美国人得到西部土地。从此，战局主动权向北方军队倾斜。

1865 年 4 月 9 日，南方军队陷入北方军队的重围之中，南北战争终止，美国恢复统一。

遗憾的是，废奴战争结束之后，奴隶的处境并未得到明显好转，特别是南方庄园主在北方军队撤出南方后，不仅没有废止奴隶制度，反而建立了种族隔离制度，即白人和黑人隔离式的生活、工作和教育等，这在美国宪法史上还有一个“既当婊子又立牌坊”的说法，叫“隔离但平等”。1896 年，美国联邦最高法院在“普莱西诉弗格森案”中做出“隔离但平等”措施合法的判决。但在此后的执行过程中，南方各州对“隔离”部分执行得非常彻底，对“平等”部分却采取漠视态度。

这项制度后来也移植到北方，使美国全境的有色人种陷入了长达 100 多年的被歧视状态。时至今日，美国的种族歧视问题也没有得到根本好转。这不仅造成了种族之间的重大隔阂和不平等，也给有色人种在人格和精神上造成了巨大伤害。

美国作家对种族隔离和种族歧视问题没有缺席，他们从不同角度剖析和审视这个问题，并发出了最强烈的批判声音。黑人作家切斯纳特、约翰逊、艾里森、杜波依斯、莫里森等，都涉及过这个题材。

其中，艾里森创作的长篇小说《看不见的人》最有影响。小说讲述了一个十七八岁的黑人，竭尽全力想得到别人的承认，想让主流社会的白人看见他。为此他做过“老实的黑人”，试图在美国为自己寻找一席之地；他曾经加入过“兄弟会”，使自己依附于白人社会。虽然他尝试过的每一件事，似乎都能使一个黑人在美国生活里处于被人看见的地位。现实却是，这些事情没有一件能帮助他进入主流社会，甚至每每感到被人歧视。

艾里森构思这部小说的时候，正值第二次世界大战结束，美国人民虽然沉浸在巨大的胜利喜悦中，但美国社会的种族歧视问题却被掩盖在了暂时的和谐之中。仅 1947 年，美国发生的私刑迫害黑人事件就达 500 多起，各地的黑人抗争事件也此起彼伏，一场伟大的反种族歧视运动正在酝酿之中。

1952 年，这部小说正式出版，甫一面世就引起了轰动。有评论家称《看不见的人》是“划时代小说，是现代美国黑人生活的史诗”。这部小说的文学价值在于，作者试图通过主人公在敌对环境里寻找作为人的尊严的故事，描写主人公在种种境遇中遭受沉重打击和心理变化的过程，进而折射美国社会的种族歧视问题和人的社会异化以及自我异化问题。从这个意义上讲，看不见的这个人，正是美国黑人所处的政治境遇和生活境遇，因此，他被评论家们奉为“当代美国黑人的典型”。

上百年的种族歧视，使美国黑人群体无不笼罩在浓浓的自卑之中，由于不能享受与白人同等的教育、就业机会，这个群体在整体素质上明显与白人拉开了距离。

直到今天，美国黑人仍处于社会最底层，事实上的种族隔离和种族歧视随处可见。前几年美国路易斯安那州还出现白人女司机强迫公交车上的黑人学生给白人学生让座的现象，这足以说明种族问题在美国白人中仍然很有市场。

除此之外，美国黑人还一直生活在缺乏公正的法治体系中。警察滥用暴力，侵犯人权，包括对黑人实施私刑、捏造罪名、非法强行拘留等现象屡见不鲜。近年来，美国发生了数十起因种族歧视而引发的黑人抗争浪潮，而这些抗争浪潮的导火索，往往是美国警察无端逮捕或枪杀黑人，或是美国司法部门对黑人的判决不公等。

美国作家对种族问题的关注，已经持续了近百年，他们不仅记录了美国不光彩的种族歧视历史，也开拓了反种族歧视的新天地。

二、南非文学的历史使命

南非是一个多民族多语种多元文化的黄金之国。

拥有 4700 万人口，其中黑人占多数，其次是白人、有色人和亚洲人四大种族，有 11 种官方语言，其中英语和阿非利卡语为通用语言。

南非文学也以英语文学为主，白人作家起主导作用。

南非是一个大规模英语系民族移民的国家，其文化融合度比较高，且长期由白人统治，所以南非文学奉行“拿来主义”。他们的作品大都具有欧陆风格，主要模仿英法文学大师的作品，所不同的是，书写背景多以南非独特的风土人情为主，书写形式多为日记和探险小说等形式。

20 世纪初，英国人在南非经过 100 多年的殖民扩张，特别是征服了布尔人之后，其统治地位得以确定，社会也进入相对稳定的发展阶段。随后，诞生了一批反映殖民地生活的小说，如《一个非洲农场的故事》《姆胡迪》《百鸟鸣叫的时候》《沿着第二大街》《非洲悲剧》等。这些小说从不同角度，描写了南非这个畸形社会，给底层人民带来的压抑和折磨。

这些小说的出版，让世人了解了“地球一隅”还有一个完全不一样的国家。特别是1991和2003年戈迪默和库切获得诺贝尔文学奖之后，南非的种族隔离更引起了世人的关注，南非文学也成为世界文学的重要一支。

南非文学与其他地区的文学有着明显差异，主要是这块土地上的种族隔离太独特了，任何一个作家也难以绕开这个独特的东西。戈迪默曾说：“生活在南非，只要睁眼看、伸手摸，人压迫人的社会现实就会呈现在你面前。”在这样的环境中生活，注定会被打上深深的伤痕烙印，南非作家的文学使命除了记录这段历史，别无选择。他们不仅书写了种种个体创伤及其隐伏伤痛，也对群体创伤和灾难进行了细致描写和文化建构，使之成为群体的文化创伤。无论是白人作家戈迪默和库切，抑或黑人作家古玛和普拉杰等，都在小说的主题、人物、情节、结构中融入了创伤意象，以及由创伤所导致的逃离现象。从这个角度讲，南非作家的写作不仅是对个体创伤的抚慰，更是对集体创伤的文化构建。这种书写超越了种族、地域和独特文化的界限，体现了现代人普遍的创伤问题。

表现创伤意不在创伤，而在于张扬创伤之后的理想。南非文学虽然是灾难深重的南非各民族集体意识的体现，但其中浓烈的理想主义色彩令人动容。南非很多作家，特别是戈迪默和库切采用魔幻和现实主义的写作手法，以高瞻远瞩的视角对未来南非社会进行了蓝图构建，铺陈出流动时空之下，黑人与白人的平等及和谐相处的社会景象。戈迪默的《星期五的足迹》《没落的资产阶级世界》等作品除了继续展现南非社会现实外，明显加入了对南非未来的预言成分。库切的《耻》《迈克尔·K的生平和时代》都以隐喻和预言的方式思索南非的未来和命运。这些富于智慧和勇气的政治宣言式文本，不仅是对当前生活的一种批判式表达，更是对未来时空的一种向往。

种族隔离时代尽管矛盾重重，但可以通过乌托邦的美好愿望为参照，对未来进行理想主义描绘。从这种意义上讲，南非作家不仅是旧社会制度的批判者和破坏者，更是新秩序新理想的探寻者和建构者。

有人说，南非文学有明显的片面性，即无论是白人作家还是黑人作家，其作品的主题都清一色是种族问题，这尽管反映了南非现实，但也会种下仇恨。

20 世纪八十年代，一些反对南非种族隔离制度的政治家曾经承认，不管种族隔离制度如何不道德，但人们不能忽视这样的事实，即南非白人在非洲建立了一个最有成就的国家。南非的农场、工厂和矿山生产了那么多的产品，它的城市运转那么井井有条、富有效率——这些都是非洲国家应当仔细探讨的成就。南非作家佩顿在他的著作《哭吧！亲爱的国家》中这样说："在我内心有一大恐惧，一位黑人牧师说，有朝一日，当他们转向慈爱时，他们将发现我们已经转向仇恨。"有了葡属莫桑比克、安哥拉、津巴布韦等前车之鉴，南非的白人逐渐意识到抗拒历史潮流是枉然之举，如果在不可避免的暴力到来之前，在宽厚和灭亡之间作出选择，那么应当选择宽厚。但是在建设一个真正的和解、宽容的新南非的道路上，需要黑人与白人双方共同努力。

这个时刻终于来了，但是民族和解的路还很长，文学的责任还很重，南非作家能否从伤痕文学中摆脱出来，也是衡量南非文学能否实现突破的重要指标。

三、反种族隔离的文学干将

南非作家纳丁·戈迪默是一位勇敢地站在黑人一边的白人作家，她把实现黑人的伟大梦想，作为她的文学观，并且终生不渝。

她说："我的人生有两个角色，一个是作家角色，另一个是为南非人实现梦想而奋斗的角色。"

戈迪默的伟大在于她作为种族隔离制度的受益者能够勇敢地站在受害的南非黑人一边，为黑人实现摧毁种族隔离制度的梦想鼓与呼。这是需要勇气的，当时的南非是一个警察林立的国家，残酷和暴力成为南非种族主义者的代名词，与这样的统治者作对形同与狼共舞。但是，戈迪默为了梦想者实现自己的梦想表现的无所畏惧，甚至将生死置之度外。所以，曾经获得诺贝尔和平奖的南非黑人领袖、原非国大主席、前总统曼德拉称赞她是"南非的民族英雄"。

种族隔离制度是南非白人统治者推行的种族歧视制度，它将白人与黑人粗暴地分成两个群体，黑人群体只能住在边远的

"自治区域内"，而且没有公民身份，不享有选举权；全国的学校、医院、公园、沙滩、电影院、体育馆等公用设施都分成黑白两类，白人的场所黑人不得入内，否则按违法处理。

白人统治者迫害黑人无所不用其极。如 1977 年 8 月，南非统治者逮捕"黑人觉醒运动"发起者比科后，将他关押在伊丽莎白港，裸体戴镣铐，不许离开牢房半步，不许洗澡和运动，而且每天都要遭受严刑拷打。不久比科就死在了狱中。

面对南非邪恶的种族歧视，戈迪默以一个作家的良知站到了正义的高地上，她犀利的目光洞穿南非阴暗的现实直抵黑人心灵世界，在大胆揭露种族主义者种种罪行的同时，把黑人的梦想展示在世人面前。长篇小说《陌生人的世界》就是这一主题的早期代表作。这部作品描写了一个英国白人青年与一个南非黑人青年的友谊，以此来显示作家反对种族隔离制度的严正立场。1960 年南非当局武力镇压了黑人群众的和平示威后，黑人领袖们纷纷遭到逮捕和迫害，当时的南非笼罩在一片恐怖之中，戈迪默进一步看清了种族主义者的狰狞面目，她不顾当局的严厉警告，先后创作了多部以反对种族隔离制度为主题的作品，如《星期五的足迹》《爱的时节》《没落的资产阶级世界》等都属于这类作品。

戈迪默的早期作品大都以抨击种族隔离制度和颂扬南非各种族人民的友爱为主题，这些作品倾注了她对黑人群众深深的同情和理解。她的这种正义情感来自于她的种族烙印。1923 年她出生在南非约翰内斯堡一个珠宝商家庭，父亲是立陶宛犹太人，她从小就受到犹太民族历经苦难的教育，对种族平等有着强烈愿望，当她生活在种族隔离的环境中时，她血液里的抗争因子便即刻活跃起来。特别是她后期的作品，不仅讲述了南非的今天，而且描绘了南非的明天。她认为，有奴役存在的国度，不可能有真正的自由。白人当局的杀戮只能造成更大的仇恨，不会带来真正的和平和安宁。而黑人在反对种族隔离制度过程中，部分黑人希望建立纯黑人政府的想法，也是一种危险的狭隘民族主义，同样有碍于黑人梦想的实现。

被誉为戈迪默“三部杰作”的长篇小说《自然资源保护论者》《博格的女儿》《朱利的族人》就是这一主题的代表作。这三部作品从不同角度反映了种族主义给南非社会带来的政治偏废、经济萧条和民族隔阂，表现了戈迪默对自己祖国的深刻认识和拳拳之心。她之所以在后期创作中一改过去写实主义的手法，把象征、隐喻引入自己的作品，目的是更好的抒发自己的情感。有评论家说，她后期的作品既有宏大的气魄又有委婉的细腻，实在是高明的创意。

戈迪默是一位勤奋耕耘的作家，迄今已出版长篇小说和短篇小说集 20 多部，基于她在建立南非崭新社会秩序的艰难过程中作出的独特贡献，瑞典学院在新南非诞生的第二年——1991 年授予她诺贝尔文学奖，以表彰“她的作品以强烈而直接的笔触，描写周围复杂的人际与社会关系，其史诗般壮丽的作品对人类大有裨益”。

⊙ 莫里森：唤醒黑人惨痛的文化记忆

进入 20 世纪 90 年代以后，瑞典学院破天荒地连续两年将诺贝尔文学奖颁给了黑人作家——德里克·沃尔科特和托妮·莫里森。

两位作家虽然生活在不同的国度，但他们都深切关注黑人问题。沃尔科特把多元文化的冲突和融合作为描写对象，莫里森则把写作视为“一种思考方式”，极力以这种方式保护和弘扬黑人文化，明确提出反对种族歧视。她的作品深沉、悲壮、优美，为 20 世纪美国文学竖起了一座丰碑，也为黑人文学的创作提供了范式。

美国黑人文学起源于黑奴歌曲，这些歌曲倾诉了黑人离乡背井沦为奴隶的痛苦心境。黑人文学最早出现在 18 世纪，表现形式多为诗歌和小说，作者大都是已经获得自由的黑人，除少数迎合白人的阅读口味外，多数作者均以描述黑人奴隶的苦难、控诉蓄奴制度的罪恶为主。延续到莫里森这一代作家，则注重唤醒黑人惨痛的文化记忆，呼吁继承黑人文化传统。

莫里森的第一部长篇小说《最蓝的眼睛》就讲述了美国 300 多年的蓄奴制度和种族歧视给美国黑人造成的心灵扭曲。这部小说讲述了一个 11 岁面貌丑陋的黑人女孩，渴望有一对白人女孩那样的蓝眼睛，认为只有这样才不会被人歧视和嘲笑。在这种心理重压下，小女孩精神失常，她在恍惚中以为自己真的有了一对蓝眼睛，结果却给自己的心灵增添了更大的痛苦。

莫里森出生在美国俄亥俄州一个普通工人家庭，从小受到了黑人文化的熏陶，了解黑人的生活处境和心理状态。她在父亲的期望中长大，曾就读于华盛顿霍华德大学和康奈尔大学，获得了文学硕士学位。

大学毕业后当过编辑、教授，由于对文学的爱好和心灵述说的渴望，她从1970年开始文学创作，迄今为止共创作长篇小说8部：《最蓝的眼睛》《秀拉》《所罗门之歌》《柏油孩子》《宠儿》《爵士乐》《乐园》《爱》。

美国评论家认为，莫里森笔下的黑人世界，无论现实生活或属古老传说，作者带给广大美国黑人的始终是他们的历史渊源，一幕又一幕历历在目。从这一点来看，她的作品显得异乎寻常地协调和谐，同时又那么斑驳绚丽多姿多彩。尽管她继承了美国作家福克纳的风格和拉美魔幻现实主义的传统，但那巧妙的叙事手法，每部小说相互迥异的笔调，独特的情节，让读者从中汲取无穷的乐趣和抚慰。她的小说还唤起了读者多层次的参与，在不同程度上的介入，令读者与小说中的人物休戚与共，息息相通。这些作品留给人们最隽永的印象在于情感的投入与交融，对同胞所怀的怜悯与同情。

在这些作品中，《所罗门之歌》成为里程碑之作。该作品出版于1977年，曾获得美国当年书评奖。小说从不同角度描写了黑人戴德一家三代的历史，提出了一个十分尖锐的社会问题：即在“自由平等”的美国社会，今天的黑人青年一代是否仍在遭受西方文明的奴役？作者的结论是——只有让黑人返璞归真，恢复本民族古朴的风范，才能逃脱这种精神桎梏。

如果说这部作品未能淋漓尽致地展现美国黑人问题，那么十年后的《宠儿》便从历史纵深处走向读者，揭示了美国奴隶制给黑人造成的巨大而又无法言说的痛苦，以及奴隶制废除百年之后仍然存留在黑人心中的巨大阴影。该小说讲述了黑人女奴塞丝从奴隶主的“甜蜜之家”逃出后，历尽千难万险并在一位白人姑娘的帮助下生了女儿丹芙。当她终于与家人团聚时，自以为到达了一个自由的地方。但是奴隶主很快就追上了她。为了不让自己的孩子像自己一样沦为奴隶，她杀死了刚刚学会爬行的幼女宠儿……18 年后，宠儿还魂重归人间，她不择手段地扰乱和毁坏母亲刚刚回暖的生活，以此来惩罚母亲。作者通过一个血淋淋的故事，告诉读者这个悲惨的故事发生的深层意义，一个黑人婴儿的血是怎样渗透到人类共同记忆之中的。

莫里森不仅是一个站在黑人立场上写作的作家，而且是一个站在人类立场上写作的作家，她并不是一味讴歌与她同血统的黑人世界的生活，而是平等地批评和反诘，甚至鞭挞他们的痛处。正像她自己所说：“仿佛我在久久地观赏一只金鱼缸——那金色鳞片的颤摆和闪晃，那浅绿色尾尖的摇曳，那淡白色鱼肚的辗转，那鳍鳃的翼动；鱼缸底部那小小城堡状的装饰，周围堆垒着鹅卵石，缠绕着纤细嫩绿的水草；一缸几近静谧的清水，悬缀着点点泄物与食物，不时有一串气泡悠悠然泛跃至水面——霎那间，我的目光移向那晶莹的缸体，正是这一亮丽的构筑，默默地护佑着其间的弱小生命，使之得以在宏大的世界上休养生息。”

这段话意味深长，她把非洲血统的存在看做实现美国之梦不可或缺的内在前提，也把白人视为同黑人难以分离的民族之侣，两者如影随形相携相生。正因为她“富有想象力和诗意的作品，生动地再现了美国现实中一个极为重要的方面”，瑞典学院才将 1993 年诺贝尔文学奖授予了她。

她是当之无愧的，因为她把自己的命运融汇黑人命运之中，为黑人的命运而感伤而书写，并高高扬起反种族歧视的大旗，明白无误地告诉读者种族歧视不除，美国社会难以和谐。

⊙ 库切：燃烧着仇恨与傲慢的耻辱

柏拉图说：“那些被铁链锁着的岩洞里的人，他们面向身前的岩壁，身后是他们无法看到的光源。他们只注视着光线透在岩石上的影子，并试图发现这些影子之间的关系，直到有个人挣脱了脚镣，回身看到了太阳。”

南非作家约翰·马克斯韦尔·库切心领神会柏拉图的语意，并做了这样的表达：“我不是一个共同体或者其他什么东西的先知，我是一个热爱自由的人（就像每个锁链缠身的囚徒一样），构建那些摆脱锁链、转脸看到光芒的人的表达。”

在库切精彩纷呈地表达中，愚昧的锁链总是伴随着人类的脚步相向而行，它锁住了人类的思维方式和行为模式，使人类面对未知的岩壁时呈现出漏洞百出的人性盲点。在这个浑浑噩噩的人性夜空中，人类需要一些敢于转身看到太阳的人用自己的寓言建构一个人类从未经历过的新世界。

盲点是人类的无知所在。需要那些看见太阳的人——先知先觉者，勇敢地站出来，像矿工一样去艰辛地开凿人类的心空，当人类的心空能装下整个世界的时候，人类就不会被盲点所遮蔽了。伟大的作家就是人类心空的伟大开拓者。

库切的长篇小说《耻》，就是这样一部穿越人类虚伪外壳直抵人性本质的作品。这部小说是在南非人民欢呼废除种族隔离制度的礼炮声中诞生的，它一反作者以往作品的逃逸风格，直面新南非各种不尽如人意的社会现实，深度反思了人类在现代文明背景下做出的种种蠢事。

小说的主人公是开普敦大学的教授，经历过两次婚变，为了解决生理需求他每周都要和妓女幽会。后来他看上了一位女学生并与之发生了性关系，此事被校方发现后，教授主动承担了勾引女方的责任。但他并不认为这种生理需求是人格上的耻辱，因此不愿乞求校方的谅解，而是辞去教授职务去了乡下的女儿家生活。然而，新南非的乡下也并非太平盛世，突然有一天三个黑人闯入女儿的家，掠走了女儿家的财物并强奸了他的女儿。可是令他感到不解和难过的是，女儿并不报案，也不告诉他真正发生了什么。更不可思议的是女儿宽容了伤害她的黑人，而且，在得知自己怀孕之后，毅然嫁给了黑人。教授听到这个消息后感到极度震惊，此刻，他内心涌动着的白人特有的傲慢之堤突然崩塌，“他靠着厨房外的墙站着，两手捂着脸，一阵一阵地抽泣，最后哭出声来。”

教授不明白女儿为什么要主动跳进火坑，女儿却另有所指地说那个黑人是收债的自己是还债的。父女俩都认为这是一种历史的耻辱，只是教授不愿忍受这种耻辱，女儿却不愿逃避这种耻辱。她说：“对，这是一种耻辱，但也许这是我们重新开始生活的起点，也许我们要学会接受现实，从头开始，从一无所有开始，真正的一无所有。一无所有，没有汽车，没有武器，没有房产，没有权利，没有尊严，像一条狗一样。”

这部小说出版后，一些愚蠢的政客认为它丑化了黑人，丑化了多数黑人政权下的南非社会，是一部向新制度泼脏水的小说。岂不知这部小说沉淀在表面情节之下的深层内涵确是南非历史的症结所在。这部小说所表现的仇恨与傲慢既不是教授对学校对抢劫者的情绪表达，也不是女儿对强奸者对社会的情绪表达，而是半个多世纪的种族隔离制度造成的种族隔阂以及白人那种莫名其妙的优越感给黑人造成的不自信，才是作者想要真正表达耻辱的根源。库切是一位用真诚和良知描绘世界的作家，他所表现的东西一定是某些愚蠢的政客看不到的东西。

除了这部作品之外，库切的其他作品几乎都渗透着一种内敛的逃逸风格，最有代表性的应为《迈克尔·K的生平和时代》。

作品的主人公迈克尔·K是一个园丁，在南非种族歧视日益严重的情况下，他带着母亲的尸体离开城市，打算到远离嘈杂的乡下去生活，但途中受尽了苦难，被追杀，被监禁，最后只好以绝食进行抗争。小说描写了一个脆弱的生命面对种族主义者残酷摧残的种种悲苦心态和渴望摆脱这种险恶现实寻找生命绿洲的逃逸心情。该作品充满了卡夫卡式的寓言，微妙之处在于卡夫卡把人放到了自己的寓言中，库切则把自己的寓言放到了活生生的人生里。

对于库切看似逃避现实的创作风格，世界文坛多有争论。1991年获得诺贝尔文学奖的南非作家戈迪默曾严厉批评库切。她说，库切的《迈克尔·K的生平和时代》"歪曲了私人和社会的有机联系"，她认为库切笔下的迈克尔·K这个人物完全脱离社会，不问政治，不负责任。而瑞典文学院院士、汉学家马悦然教授则表示赞赏："如果把库切和戈迪默做比较，就会看到库切的作品更深刻，更高层次。我想，再过一百年，人们仍然可以理解库切，而戈迪默却很可能被人遗忘了。"

库切确实是一位游离于集体意识之外而个人特质又保存完好的作家，他从不参加集会，不参加宴请，不参加授奖仪式，只顾在自己的作品中涂抹"龙生九子各不相同"的艺术特色。他的小说《灰暗的国度》《内陆深处》《等待野蛮人》《迈克尔·K的生平和时代》《铁器时代》《耻》《青春》等，无不是在继承卡夫卡、贝克特文学传统的基础上，把自己独特的创作风格深入其中的杰作。

所以，2003年瑞典学院发现了他的"作品精确地刻画了众多假面具下的人性本质"，并将诺贝尔文学奖颁给了这位不苟言笑的南非作家。

第八章

坚守特殊的民族使命

漫议诺贝尔文学主题学，绕不开犹太作家。

在 2016 年之前的 115 位诺贝尔文学作家中，有 11 位是犹太人。他们是柏格森、阿格农、帕斯捷尔纳克、萨克斯、贝克特、贝娄、辛格、卡内蒂、布罗茨基、戈迪默、凯尔泰斯。

他们的作品中，或多或少都可看到犹太人的影子，有的抒发了犹太人丧失家园的离愁别绪，有的讲述了只有犹太人才有的精神困惑，有的控诉了第二次世界大战对犹太人的杀戮，有的甚至高扬复国主义大旗，张扬复国理念。

这些作家在 115 位获奖者中，显得非常耀眼，主要是他们的使命感很强，时常表现为战士，时刻为民族命运而筹，为民族独立而战。特别是在犹太复国主义运动中，他们的作品对唤起世界各地的犹太人，起到了播种机的作用。

作家，不但要有自己的小情小调，更要有关心人类命运的大情怀。作家的使命必须超越自己，站在人类的高点，为构建更适合人类生存的环境而书写。

一、犹太民族的千年血色之路

犹太人的历史是一部征服与被征服的历史。

很久很久以前，犹太人的祖先叫雅各，后改名以色列，意思是“与神角力的人”。雅各生育12个儿子，由于连年饥荒，被迫迁移埃及，沦为埃及人的奴隶。后来，逃回巴勒斯坦定居，形成了12个支派，随后成立了国家，但是很快又分裂成以色列王国和犹太王国。

大概是公元前722年，以色列王国遭亚述人侵占。当时亚述人主要生活在西亚两河流域北部，即今伊拉克摩苏尔地区，是闪族人的一支。亚述人历史悠久，曾经是军事强国，后来被外族所灭。

公元前586年，犹太王国被巴比伦人征服。后来，巴比伦帝国被波斯人所征服，犹太人有幸返回以色列故土，并在耶路撒冷重建圣殿，犹太人在故土上的生活方式也得以恢复。此后四个世纪，犹太人在波斯人和古希腊人的统治下，享有很大程度的自治权。

再后来，犹太民族发生内乱，罗马帝国乘虚而入。为了摆脱罗马统治，犹太人发动了多次起义，其中最大的一次爆发于公元66年。经过4年战斗，罗马人又重新征服了犹太人，焚毁第二圣殿，并将国内的众多犹太人放逐欧洲。

在征服与被征服的过程中，犹太人从来没有放弃建国信念，公元132年，发生了科赫巴起义，犹太人建立了一个独立的飞地国家，以耶路撒冷为都城。可惜3年后，又被罗马人攻占。

为了断绝犹太人与故土的联系，罗马人将耶路撒冷改名为埃利亚卡皮托利纳，把犹太人的故土更名为巴勒斯梯那。

之后，犹太人又相继被阿拉伯人、塞尔柱克人、马穆鲁克人、奥斯曼帝国和英国人统治。

千百年来，犹太人历尽劫难，但他们却顽强地保留了自己的文化、信仰和生活方式。无论流散到世界任何地方，他们的文化之脉从未中断。特别是巴勒斯坦故土上的犹太人，一直保持着他们的存在，而且随着散居世界各地的犹太人返回故乡，犹太人口不断增加。到了 19 世纪，巴勒斯坦稀少的犹太人口出现了猛增势头。

这一时期，犹太人建国的梦想重新点亮。

1897 年，西奥多·赫茨尔在瑞士的巴塞尔召开第一届犹太复国主义大会。会上，犹太复国主义运动成为一个正式的政治组织，它号召犹太人返回以色列，在祖先的家园复兴犹太民族。

19 世纪末，东欧出现了大规模的“排犹”事件，成千上万的犹太人逃离。第二次世界大战期间，纳粹德国对犹太人的迫害达到顶峰，有 600 万犹太人被杀。

大规模犹太人被害，促进了犹太人建国的步伐。

起初，定居欧洲的犹太人，携巨款到巴勒斯坦购买土地建立庄园，久而久之，土地连成了片，这时候的巴勒斯坦人成了犹太人的雇工，时间一长劳资纠纷日增，再加上犹太复国主义运动推波助澜，犹太庄园主纷纷将土地贡献出来，这样就于

1948 年成立了以色列国。

以色列建国的地点，既是犹太人祖先流血的地方，也是巴勒斯坦人祖祖辈辈生活的地方，因此导致犹太人与阿拉伯人长达一个世纪的流血冲突。

犹太人宣布建国不到 24 小时，五个阿拉伯国家的军队就攻入这个新国家。这场战争断断续续打了一年多，于 1949 年 7 月以停火线为基础，以色列分别与接壤的阿拉伯国家签订了停战协议。

以色列在立国宣言中表明“向所有邻国及其人民伸出和平及睦邻之手”，但阿拉伯国家不买账，而且实行经济和外交抵制，封锁以色列的国际航道。1956 年和 1967 年，以色列发动先发制人的攻击。1973 年，以色列击退埃及、约旦和叙利亚等同时发动的进攻，并占领了埃及西奈半岛。

1977 年，埃及总统萨达特访问耶路撒冷，从而打破了“拒和”僵局。1979 年双方签署《埃以和平条约》并达成《戴维营协议》，该协议对 1967 年以来以色列管理的犹地亚、撒马利亚及加沙地带未来地位做出了安排。

遗憾的是，巴勒斯坦人仍然处在丧失家园的境地，他们为家园而战的信念与犹太人一样，都表现得如此坚定。可以预见，巴勒斯坦人一日无国，中东地区就永无宁日。

二、犹太作家的意识形态书写

犹太文学始于《旧约全书》。

这部书就像犹太人的生命密码，不管他们流散到哪里，都会紧紧地将同胞们联系在一起。

犹太文学是一种泛称。由于犹太人散居世界各地，他们写作的语言也很广泛。有些犹太作家用希腊文、亚兰文、阿拉伯文、西班牙文，还有些用英、法、德、俄文等写作。

他们的作品文化内涵也相当复杂，一般都具有强烈的欧罗巴文化痕迹，再加上浓厚的宗教意识与犹太人悲苦命运的哀愁感和漂泊感，使他们在寻找文学航标时有些迷惘。因此，犹太文学就其主题而言，显得有些散乱。

比如，第一位获得“诺奖”的法国籍犹太人柏格森，是一位哲学家，他获奖的理由竟是“丰富而充满活力的思想以及卓越的表达技巧”。柏格森是一位“唯灵论”者，由于他杰出的思想才能，使其哲学体系与实证主义和社会主义学说一起，成为 20 世纪初法国思想界的三大潮流。

“唯灵论”是神秘主义和唯心主义哲学的一种学说。主张世界的本源与本质是心灵或精神，物质作为心灵的附属物或产品，只是表象或假象，并不真实存在，认为世界具有一个无所不包的大灵魂。

这一理论观点，虽然看上去与犹太文化无关，但事实上“唯灵论”却是犹太人的心理特质。

柏格森将犹太人这种心理特质理性化形象化，并沿着这样的思路与实证主义和社会主义进行长期周旋。他认为，直接掌握意识现象和生命现象的是人的直觉。他揭示出哲学的错误在于认为智慧是全部认识的唯一工具。他进一步演绎说：只有直觉才能在运动现实中直接掌握生命现象和意识现象，直觉排除了分析，本能地、直接地把握精神并进入到精神意识的深处。他举例说：小说家在描写人物时，不可能与这个人物打成一片，然后才把对他的认识写出来，特别是把他的心理活动写出来，而是通过直觉进入到描写对象的内部，进行丰富的描写。他说这种现象在人的生命中是不可或缺的元素，它是创造力的源泉。

从 20 世纪初到第二次世界大战这段时间里，柏格森的直觉主义哲学曾经红极一时，并直接催生了意识流文学的诞生。意识流小说家们正是依据柏格森的直觉美学理论和“心理时间”的新概念，用内省的办法来探索人物心灵深处，大胆打破传统小说的时间顺序，采用过去、现在和未来三者凌乱颠倒、相互渗透的手法，来达到一种戏剧性的艺术效果。意识流小说的最大贡献是将人们的注意力由外部世界引入人的主观意识或无意识地带，去关注人的精神世界。

这是人类认识史的一次重大飞跃，把以往哲学所关注的焦点猛然间从唯神论和唯物论的两极拉到了人的内心世界，并在时间变量的表达形式上突破了某种抽象的或固化的形态，从而使时间成为永恒地关涉生命和自我的实在。他认为这种时间为“持续时间”，与生命力相类似，这种概念亦可阐述为“活时间”。这种时间是动态的流动，呈现出经常的和永恒增长的量变。

柏格森的哲学理论曾使很多人为之倾倒，如著名作家爱尔勒·佩基、帕蒂特等都把柏格森称为师长。其实，与这些作家相比，柏格森并非占有年龄优势，只是他的理论滋养了这些作家。

再如，美国籍犹太作家艾萨克·巴什维斯·辛格非常崇尚斯宾诺莎哲学，试图用文学手法图解斯宾诺莎哲学背后的现实景象，并将其立体化。他通过人类的世俗生活和精神生活组成的现实空间，来生动地复原发生在这个空间里的充斥着谎言的生活图景。他在小说《市场街的斯宾诺莎》中，做了这样的描述："天地把存在过的一切都消灭殆尽，化为尘埃。唯有那些清醒时做梦的梦想家，透过稀疏的网唤回昔日的幻影。"

辛格试图通过《市场街的斯宾诺莎》来揭穿中世纪禁欲主义的罪恶谎言，批判非人性化的精神禁锢，进一步阐释人即上帝，爱情是上帝生活的重要部分的斯宾诺莎哲学主题。

谎言，是人类面临的精神杀手，是撒旦控制人类的剧毒迷魂药。辛格在他的短篇小说《傻瓜吉姆佩尔》中，非常严厉地警告撒旦之流，别再制造谎言了，傻瓜已经醒悟啦！

其他犹太作家，也都有各自的文学主题。尤其是阿格农和萨克斯，他们都把犹太民族的命运和犹太复国主义作为自己的文学主张。

纵观 11 位犹太获奖作家，不难发现，他们无不在各自居住国主流文化大背景下，以各种方式挖掘悠远独特的犹太文化资源，并进行了有效的整合或消解，从而赋予各自文学创作或鲜明或隐晦的犹太文化色彩。

难能可贵的是，犹太作家在将犹太命题标本化的同时，并没有囿于民族情绪的表达，而是上升为对人类命运的关注，正如辛格在授奖辞中所讲，“将人类普遍的处境逼真地反映出来了”。

三、高扬犹太复国主义大旗

阿格农是犹太复国主义运动的坚定支持者。

他于 19 岁那年毅然离开他生活的加利西亚，前往巴勒斯坦，到犹太人心目中的祖国和圣地定居，从此他放弃意第绪语改用希伯来语。21 岁发表第一篇希伯来语小说《被抛弃的妻子》，小说描写的是一个带有悲剧意味的爱情故事，它反映了早期犹太人颠沛流离的流亡生活和他们中出现的悲欢离合。作者十分珍惜这部作品，他的名字阿格农就是从这篇小说的希伯来语原名“被遗弃的人”演变来的。

阿格农，1888 年 7 月 17 日出生在加利西亚地区的一个小镇上（今波兰与乌克兰交界处），其家族是一个以研究犹太教法典著称的犹太望族。他从小就接受了系统正规的宗教教育和以《圣经》为典范的文学熏陶，而且他生活的地方是犹太人聚集区，他十分了解犹太人心灵深处的生活诉求和政治倾向，这为他日后的文学创作奠定了坚实的基础。

犹太人祖祖辈辈有一个流淌在血液中的心结——回到祖先生活的土地上去。为着实现这个民族宿愿，散落在世界各地的犹太人始终保持着本民族语言——希伯来语和传统的生活方式。

犹太人祖先生活的地方曾经是犹太教、基督教和伊斯兰教的发源地，他们的远祖是古代闪族的支脉希伯来人，公元前13世纪末从埃及迁居巴勒斯坦并在那里建国。几经劫难，犹太人失去了自己生活的土地，被迫流亡世界各地。20世纪初，欧洲犹太人发起“犹太复国主义运动”。

年轻的阿格农是这一运动的狂热支持者，并曾担任犹太法院第一书记、犹太村社公会秘书。1910年开始，他开始专门从事写作和文学研究。他继发表第一篇短篇小说《被遗弃的妻子》之后，又发表第一部长篇小说《但愿斜坡变平原》，这是阿格农文学创作的新起点。小说描写了一对夫妻被迫分手的故事，主人公是一个世纪前的犹太教信徒，全篇弥漫着一种悲壮的宗教色彩，而且既有古典的希伯来文学风格，又融入了现代小说的表现手法，被评论界称为“真正的阿格农的声音”。

其实，阿格农发出的真正声音，是1922年出版的长篇小说《婚礼的华盖》。那时他在德国讲授希伯来语文学，并在那里邂逅了他的妻子、犹太女郎艾斯特·马科斯，是她给了阿格农创作的灵感，随即便有了《婚礼的华盖》。这部作品是阿格农的代表作，被誉为“现代希伯来文学的巅峰之作”，是“希伯来文学中的《堂吉诃德》”。小说以一个贫穷、虔诚的犹太教徒为其三个女儿筹集婚嫁金为主线，展示了东欧犹太人的思想情操、文化传统、风俗习惯和生活面貌，触及当时的社会、经济、道德、文化和风俗等多方面的问题。作品继承了犹太人的叙事传统，文中穿插了一系列宗教和民族故事，通过故事的具体形象表达了人物的所思所想和抽象理念。这也正是阿格农叙事技巧的一种独特表现。

尔后，阿格农又创作了一部被评论界认为“他最优秀的一部作品”——《就在昨天之前》，这部作品出版于 1945 年，实际上是犹太复国主义宣言。它以引人入胜的情节、人物内心世界的描绘和对犹太社会道德风俗的剖析，指出以色列除了在陆地上建立永久的家园之外没有别的出路。小说既不属于作者早期所写的现实主义社会故事，也不仅仅是作者本人的见解和他的现实经历、思想观念的自传，阿格农是从探讨犹太民族的前途这一重大前提出发进行思考和提出问题的，带有强烈的犹太复国主义思想。

这一时期，他的作品还有《订婚者》《耶路撒冷故事集》《两个故事》等。这些作品大都是描写无家可归的、异化的和衰败的犹太人，作者企图通过这些人物形象唤醒犹太人的民族自觉，恢复犹太人的文化传统，他的作品在犹太人中产生了巨大影响。正是基于阿格农的这些贡献，瑞典学院授予他诺贝尔文学奖，理由是“深刻而独具特色的叙述艺术，并从犹太民族的生命中汲取主题”。

萨克斯：唤醒犹太民族的悲剧意识

萨克斯虽然和阿格农不属于同一国度，但他们都有着犹太血统，古老的犹太民族文化传统是他们创作灵感的共同来源，他们的作品所反映的主题多为犹太人的生存状态及其精神风貌。萨克斯认为："阿格农先生所描绘的是以色列的命运，而我所描绘的则是犹太民族的悲剧。"

应该说，二人文学创作的价值取向各有侧重，阿格农的作品充当了犹太民族悲剧的指南针，即犹太民族如何摆脱悲剧命运问题，因此他提出了"以色列除了在陆地上建立永久的家园之外没有别的出路"。而萨克斯则试图解决指南针的动力问题，即以犹太民族的悲剧唤醒犹太人的民族自觉，进而使散落在世界各地的犹太人为复国而战斗。

萨克斯之所以要立足于这一点，是和她经历的种种磨难相关联的。1891 年她出生在德国柏林一个犹太工厂主家庭，从小接受了良好的艺术教育，少年时代开始学习诗歌、小说和戏剧创作。她特别崇拜瑞典诺贝尔文学奖得主拉格勒夫，喜欢她的作品并经常模仿她的创作风格，1921 年出版模仿作《传说与故事》。此后，随着她的名气日大，她和拉格勒夫的友谊也日渐深厚。

值得一说的是萨克斯 17 岁那年，随全家到一海滨城市度假，在那里她邂逅了大她 23 岁的"白马王子"，二人很快坠入情网，但又很快劳燕分飞。萨克斯曾经为其自杀，后又为其守身终生。

20 世纪 30 年代，萨克斯父亲去世，家境很快衰落。这时的德国法西斯主义横行，灭绝犹太人的计划开始实施。萨克斯陷入了终日的恐惧之中，她不知道哪一天成为自己的祭日。

这时，她的德国朋友向拉格勒夫求救，请求拉格勒夫发挥影响挽救萨克斯的生命。拉格勒夫立即要求瑞典当局想尽一切办法救助萨克斯。1940 年，萨克斯在经历了惊心动魄的民族浩劫之后，带着心灵的巨大伤痛千回百转来到了瑞典首都斯德哥尔摩，两个月后拉格勒夫不幸去世。萨克斯又陷入了生活的困窘之中，她只好靠着为人洗衣、抄写文件、翻译作品为生。

1943 年 8 月，她突然得知她的"白马王子"在纳粹集中营惨遭杀害，她终于按捺不住心中的愤懑，决定用文学的武器唤醒多灾多难的犹太民族。她在诗集《在死亡之屋》的一首诗中这样写道："哦，烟囱／在精心设计的死亡的居所之上／当以色列的肉体如黑烟般／飘散于空中——被一颗星所迎接，一个扫烟囱者／一颗变黑了的星／或者那是一道阳光？／哦，烟囱！为耶利米与约伯的尘土铺设的自由之路——是谁设计了你们且一石一石地砌砌／这为烟中之逃亡者铺设的道路？哦，死亡的寓所／动人心目地为一度是客人的主人布置着——哦，你们的手指／摆置门槛／如一把介于生与死间的小刀——哦，你们的烟囱／哦，你们的手指／而以色列的肉体如黑烟般飘散于空中！"

这首诗曾经闻名世界，震撼着犹太人的心灵。诗人把以色列比作遭难的躯体，在她身上飘散着从纳粹集中营喷射出来的浓烟，恰恰是这浓烟毁灭着整个犹太民族。

这就是悲剧的力量，它深深地刺痛着犹太民族，使他们深刻认识了土地、家园、民族、和平的重要，并百折不挠同仇敌忾为这个目标而战。接着，萨克斯又创作了一部叙事诗剧作《伊莱——关于以色列的苦难的神秘剧》。该剧讲述了一个犹太小孩伊莱目睹父母被抓后，吹起风笛祈祷神灵帮助时，被纳粹士兵杀害，这一幕刚好被鞋匠马可看到，他发誓要为伊莱报仇。然后，当他在森林中看到那个刽子手并准备射击时，惊恐万状的纳粹士兵却因精神崩溃瘫死在地。

犹太民族是个恩怨分明的民族。"二战"之后那些杀害犹太人的刽子手纷纷隐藏在世界各地，以色列专门成立了特工组织"摩萨德"负责追杀。经过近60年的艰苦努力，最后一名纳粹分子阿罗伊斯·布鲁涅尔终于被发现。"二战"期间，中国曾经庇护过大量犹太逃难者，这些人回国后，想尽一切办法报答中国。这么优秀且富有智慧的民族，竟然遭受了千百年的磨难，至今仍未平息。

第二次世界大战结束后，萨克斯又相继出版了诗集《星光黯淡》《度日如年》《无人再知晓》《逃亡与变迁》等。这些诗集再一次展现了苦难、迫害、流亡和死亡等主题，显示出诗人把受难的犹太人扩展到受难的人类这一更广泛的概念。

萨克斯晚年的作品有《进入无尘之境》《死亡欢庆生命》《炽热的谜》《寻觅者》等。这时的诗作已趋向神秘和现代主义，与先前作品的风格大异。

基于几十年的创作生涯，萨克斯已被欧洲公认为杰出作家，就在她75岁生日那天，瑞典学院为她和阿格农举行了诺贝尔文学奖颁奖典礼。她获奖的评语是："她的出色的抒情诗和戏剧作品，以感人的力量阐释了以色列的命运。"

⊙ 凯尔泰斯：描写人类堕落的最后真实

美国电影《肖申克的救赎》中有一句台词："有一种鸟儿是永远也关不住的，因为它的每片羽翼上都沾满了自由的光辉。"用这句话评价2002年获得诺贝尔文学奖的匈牙利作家凯尔泰斯·伊姆雷是再恰当不过了。诚如他自己所言，"在一个只有谎言被严肃对待的世界上"，"在一种残酷的、充满敌意的、疏离的文化环境中，我生活得太久了，结果，发展了一种特殊的文学意识"。

凯尔泰斯就是在这种个体所属群体被迫屈服于社会强权的语境中，把自己特殊的文学意识贯穿到创作始终的。走进他的作品，我们仿佛看到了他内心世界游离于物质喧嚣之外的朗朗晴空和以个体特质的殊死抵抗全方位抨击从未灭绝的法西斯主义的人文精神。

"我必须抛弃一切。公园中的草坪仍泛着青绿，黄黄的落叶铺在上面，我漫步在这松软的土地上。不远处的一棵棵橡树上依然挂着枯叶，好像是一只只无精打采的手。我感觉，倘若我自己经得起忍耐，奇迹就会来临。”他在《苦役日记》中这样为自己设定了目标。正是这个目标促使他把人类堕落的最后真实呈现在世人面前。

凯尔泰斯有着非同寻常的人生经历。他出生在匈牙利首都布达佩斯一个犹太人家庭。第二次世界大战期间，匈牙利政府屈服于纳粹德国，将居住在匈牙利的犹太人悉数交给了纳粹德国。15岁的凯尔泰斯就是这时候随着成群结队的犹太人被关进奥斯维辛集中营的，在那里他亲眼目睹了犹太人的惊恐和绝望，看到了成千上万的犹太人被毒气毒死被炼人炉火化的情景。这地狱般的经历成了他终生的噩梦。

奥斯维辛集中营是纳粹德国在“二战”期间屠杀犹太人和战俘的“罪恶之窟”。这个集中营距波兰首都华沙300公里，是奥斯维辛市附近40多座集中营的总称。在集中营内设立了活人实验室，建立了大规模杀人毒气室及储尸窖和焚尸炉。仅1944年，这里每天都要焚烧约6000具尸体，残暴的法西斯分子甚至在焚尸前敲掉受害者的金牙，剥下纹身人的皮肤做灯罩，剪下女人的长发编织成地毯。据不完全统计，在集中营存在的4年多时间里，共有130多万人被关押，其中110万人在这里丧生。1945年5月苏联红军的胜利，给关押在纳粹德国控制下的多个集中营带来了曙光，幸存的20万受害者终于见到了自由的天空，这中间就有在集中营受到极度摧残的凯尔泰斯。

从集中营出来以后，他没有像其他犹太受害者那样选择去西方发达国家，而是满怀希望地回到了伤痕累累的祖国。开始，他在一家报社做记者，同时从事文学翻译工作，主要翻译尼采、弗洛伊德、维特根斯坦等人的著作。这对他后来的文学创作产生了深远影响。

20世纪50年代初，西方世界刮起一股否认和漠视纳粹德国屠杀犹太人的风潮，匈牙利政府也对这股风潮态度暧昧。凯尔泰斯一气之下辞掉了记者工作，带着揭露人类堕落行为的使命踏上了见证杀戮、暴政、苦役、饥馑、麻木、疯癫的文学旅程。1975年，他的长篇处女作《无命运的人生》出版。小说描写了一个叫捷尔吉·科维斯的15岁犹太少年在纳粹集中营的经历。德军占领匈牙利之后，他稀里糊涂地被关进了集中营，在阴森恐怖的集中营他体味到了种种与死亡有关的恐惧感，然而强烈的生存意识又使他增添了无尽的抗争力量。在生命苦旅中他意识到“人们无法开始新的生活，你只能继续现在的生活”，而且要在这种非人的生活中找到缓解恐惧的乐观情绪。作者意在告诉人们：一个人在无法选择无法控制的世界里应该如何选择自己的生命路径。

继《无命运的人生》之后，作者又创作了以大屠杀为题材的小说《惨败》和《给未出生孩子的祈祷》。这三部小说被作者称为“奥斯维辛三部曲”。前者叙述了当时闭塞落后的社会现状和主人公所经历的种种不幸。后者讲的是一个中年作家，由于整天生活在他所经历的奥斯维辛大屠杀的心理阴影之中，因此他不想要孩子，更不想自己的孩子像自己一样面临这个恐怖的世界。

从“奥斯维辛三部曲”中，我们真切地看到了人类的残暴给凯尔泰斯的内心世界留下的终生创痛，以至于他几乎所有的作品主题都致力于为“面对罪恶渊薮的人们输送文学的无边温暖”。《英国旗》如此，《思维的沉寂——刑警队再次上膛之时》如此，《流亡的语言》和《清算》亦如此。

有评论说：“凯尔泰斯作品的内容，几乎全都离不开奥斯维辛。显然，这些作品不仅是对纳粹惨无人道的大屠杀的揭露，更是促使人们通过对这一浩劫的反思，看到现实社会中依然存在着无形的命运、无奈的处境和无言的悲哀。凯尔泰斯的作品实际上已经摆脱了时空的羁绊，对人类有了永恒的意义。在作者看来，奥斯维辛并非是一个特例，而是现代社会中人类堕落的极点。只要有集权存在，就有可能出现新的奥斯维辛。”

所以，瑞典学院对他作出了恰如其分地评价：“坚持以脆弱的个人痛苦经历对抗历史上强大的野蛮强权。”

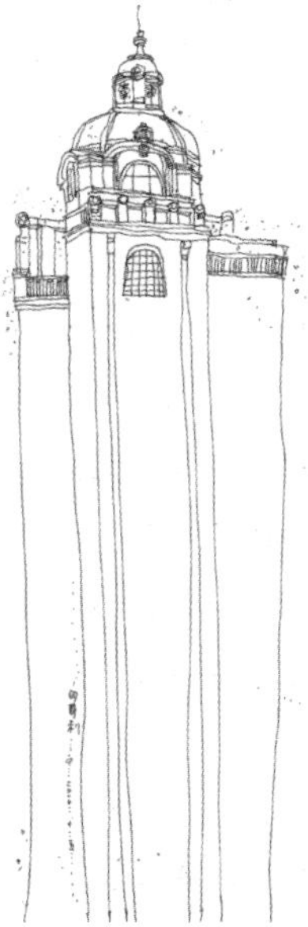

第九章

压抑状态下的良心书写

俄罗斯文学是世界文坛光彩夺目的文化成果。

在俄罗斯作家中，曾经有 5 位作家获得过诺贝尔文学奖。他们是伊凡·蒲宁、鲍利斯·帕斯捷尔纳克、米哈伊尔·肖洛霍夫、亚历山大·索尔仁尼琴、约瑟夫·布罗茨基。

他们的作品，大都出现在斯大林时期。那时候的苏联，社会氛围并不和谐，很多知识分子受到打击，他们的作品同样受到了各种指责，甚至遭到批判，有些作家还被开除国籍。这些作家在恶劣的社会环境中，虽然也动摇过，苦闷过，彷徨过，但最终坚持了良心书写。

因为，文学是审美化的艺术形式，它承载着深邃的民族精神和厚重的民族史，优秀的文学作品一定是一个国家的历史书写、一个民族的心灵重塑。文学理想只有融汇在国家和民族发展洪流中，才具有不朽的生命力。俄罗斯文学在俄罗斯民族历史中的复杂演进，为我们提供了一个深刻认识文学与国家与民族血脉相连的生动案例。

俄罗斯民族之所以在国际上享有崇高声誉，很大程度上有赖于俄罗斯作家的作品。现在我们提起俄罗斯，首先想到的一定是普希金、莱蒙托夫、果戈理、车尔尼雪夫斯基、屠格涅夫、托尔斯泰和陀思妥耶夫斯基等以及他们的作品。

文学会照亮人心，照亮世界。文学的力量是不可限量的，它在人类历史时空中，比任何物质都更有生命力。

一、俄罗斯文学的历史足印

俄罗斯文学辉煌于 19 世纪。

19 世纪之初，俄国出现了浪漫主义文学思潮。早期的代表作家是茹科夫斯基和巴丘什科夫等人，他们的作品清丽而优雅，乐观而豁达。紧随其后的是普希金和莱蒙托夫。特别是普希金，他把俄罗斯浪漫主义文学推向了极致。

此后，现实主义文学大行其道，尤以批判现实主义文学为盛。19 世纪 30 年代，以果戈理为代表的文学巨匠，开创了俄罗斯批判现实主义文学先河。接着涌现出许多优秀作家和作品，如屠格涅夫、车尔尼雪夫斯基、奥斯特罗夫斯基、托尔斯泰、陀思妥耶夫斯基等。

谈俄罗斯文学，普希金是绕不开的文学巨匠。

普希金是俄罗斯近代文学的奠基者。他于 1799 年出生在莫斯科一个没落的贵族家庭，儿时由法国家庭教师启蒙，接受了良好的贵族教育，8 岁可以用法语写诗。后来进入贵族子弟学校读书，12 岁开始文学创作。早期的诗作，效仿浪漫派诗人巴丘什科夫和茹科夫斯基。长大后，普希金成为同情十二月党人的禁卫军军官。他反对沙皇专制，追求自由思想。因此，他创作了一系列歌颂自由的诗作，如《自由颂》《致恰达耶夫》《乡村》等。这些作品引起了沙皇政府的不满，随后他被“流放”到俄国偏远的南部地区任职。在此期间，他创作了《短剑》《囚徒》《致大海》《高加索的俘虏》《强盗兄弟》《巴赫切萨拉依的泪泉》《茨冈》《太阳沉没了》等，这些诗作表达了诗人对沙皇政府的失望和对自由的强烈憧憬。

几年后，他回到莫斯科。

这一时期，沙皇政府正在严厉打击旨在推翻沙皇统治的十二月党人，普希金十分同情这些革命者，于是创作了政治抒情诗《致西伯利亚的囚徒》。接着，他完成了诗体小说《叶甫盖尼·奥涅金》《别尔金小说集》《吝啬的骑士》《莫扎特与沙莱里》《瘟疫流行的宴会》《石客》等。

这些伟大的作品，奠定了他在俄罗斯近代文坛的地位。

正是由于普希金的出现，才使得俄罗斯文学开始吸引“世界眼球”。因为，俄罗斯文学是一个相对年轻的文学品种，充其量不过两百多年的发展期。但是，普希金这个耀眼的文学巨匠，愣是把俄罗斯文学推送到俄罗斯人的生活中，使其成为俄罗斯人精神生活的重要寄托和民族自强的重要因素。俄罗斯文学的这种使命感，就是它走向世界的唯一原因。

与普希金相比，果戈理是一位更有使命感的文学巨星，是俄国现实主义文学奠基人。

他出生于乌克兰，从小喜爱乌克兰民谣、传说和民间戏剧，为他日后的文学创作奠定了厚实的基础。

果戈理中学毕业后，前往彼得堡。这期间，他发表了中短篇小说《涅瓦大街》《鼻子》《肖像》《外套》《狂人日记》《马车》《罗马》《密尔格拉得》《旧式地主》《塔拉斯·布尔巴》《两个伊凡吵架故事》等。

这些作品受到了普希金和别林斯基的关注，他们称俄国文学进入了果戈理时期。这一年，他认识了普希金，之后他进入圣彼得堡大学教书，幸运的是，屠格涅夫成了他的学生。

果戈理是一位不安分的作家，教书没几年，他就失去了对校园的兴趣。1836 年，他离开俄国，去了意大利和德国，开始了长达 5 年的侨居生活。1841 年，果戈理回国，几经周折出版了长篇小说《死魂灵》，再版了《钦差大臣》，在俄国引起了巨大轰动，赫尔岑说“《死魂灵》震撼了整个俄国”。

果戈理的作品，大都围绕着荒诞不经的故事展开，在这些故事中，安排一些意想不到的结局与过程，通过这种离经叛道的安排，让读者感受俄国社会与俄国专制制度的残酷性。但他不主张暴力革命，倡导改良体制和完善现实，从沙皇专制到人的精神，从教会到文学，从农业到戏剧——俄罗斯社会生活的各个方面都需要改良和完善。

在这一点上，他的学生屠格涅夫显得更加聪明。

屠格涅夫是俄国批判现实主义文学的奠基人。他出生在奥廖尔省一个贵族家庭，曾先后在莫斯科大学、彼得堡大学就读。

他从 19 世纪中期从事文学创作，主要作品有成名作《猎人笔记》，长篇小说《罗亭》《贵族之家》《前夜》《父与子》《处女地》，中篇小说《阿霞》《初恋》等。

屠格涅夫是一位对旧制度充满憎恨，对劳苦大众充满同情的作家。他尽管不主张暴力，但对旧秩序还是发出了最强烈的谴责。他最伟大的作品《父与子》，就渗透着他的这一思想。这部作品描写了新旧时代更替过程中，两代人的心路历程和思想冲突。子辈巴扎罗夫代表了 19 世纪中期年轻一代——激进的“虚无主义”平民知识分子形象，而父辈巴威尔和尼古拉则代表了保守的自由主义贵族的老一代人。在对待年轻人的态度上，父辈中不同的人态度又各有不同。尼古拉比较温和，希望理解子辈，想跟上时代形势；而巴威尔则固执己见，信奉贵族阶层的特权思想，对年轻人的新思想新动静耿耿于怀。父与子的冲突，在广义上表现为新旧时代的尖锐对立。

这部小说真实地反映了 19 世纪中叶俄国的社会现实以及历史大势所昭示的社会萌动的铿锵脚步声。

从普希金、果戈理到屠格涅夫，恰好印证了俄国近代文学从浪漫主义、现实主义到批判现实主义的发展路径。

二、“肃反”所营造的文学氛围

1934 年，苏联爆发了一场大规模政治镇压和迫害运动。

该运动由谢尔盖·基洛夫被刺事件引发，包括了对苏联共产党内部的清洗以及对无辜人员的迫害。当时的政治气氛可谓风声鹤唳，腥风血雨。当时几乎所有行政事业单位的人，就像过筛子一样经过政治审查，特别对一些思想倾向与政府不一致的人，动辄就抓捕、公审、关押，甚至判处死刑，几百万人成为那场运动的牺牲品。

可想而知，那场运动给苏联人民造成的深重灾难。

原苏共宣传部部长雅科夫列夫，在他撰写的《雾霾：俄罗斯百年沉思录》中写道："我所写的关于人在斯大林时代堕落和腐化的每一页，都是我致子孙后代的信，他们大概饱受疑虑的折磨，因为下面写到的一切，在人的社会中是不可能存在的。我自己也不愿相信，有时是害怕相信，然而这一切都是事实。"

被誉为俄国良心的"诺奖"作家索尔仁尼琴，在他的长篇小说《古拉格群岛》的题记中说："献给没有生存下来的诸君，要叙述此事他们已无能为力。但愿他们原谅我，没有看到一切，没有想到一切，没有猜到一切。"

在那次运动中，文学界受害尤其严重。据不完全统计，100 多位作家在肃反中被杀，更多的作家受到迫害。在这样的环境中，苏联作家承受的压力可想而知，但他们却坚持了批判现实主义传统，显示了"良心"的气质。

约瑟夫·布罗茨基就是其中一位。

他于 1940 年 5 月出生于圣彼得堡，这里不仅培养了罗蒙诺索夫、门捷列夫等世界级大科学家，也培养了普希金、果戈理和陀思妥耶夫斯基等世界级大文学家。

然而，布罗茨基却没有遇上这些大师们的运气，他生活在圣彼得堡的年代已经缺少了盛产大师的人文环境。那是斯大林统治时期，政治上的沉闷和经济上的呆板已经到了僵化的程度，布罗茨基就是在这个时候降生在一个犹太人家庭的，这就先天注定了他从小必须接受“随时都要忘记自己是一个犹太人”的种族歧视以及他与生俱来反感的“俄罗斯化的教育方式”。他在后来的回忆中认为，这种教育方式只能塑造“建筑材料”而非建筑师。所以，他 15 岁那年便决然离开学校，抱着学医的理想去了一家医院，结果却谋到了一个去太平间缝合尸体的工作，这份工作令他忍无可忍，无奈之下他只有在频繁地更换工作中消磨时光。据他自己讲，自 1956 年以后的八年间，他共从事过 13 种职业。

这些复杂的经历和磨难，使布罗茨基感悟到僵硬的体制所导致的社会沉默严重地扭曲了人们的生命轨迹，在这种语境中生活，实际上是一种精神窒息。他不甘心在窒息中继续沉默，试图通过文学创作来改变单调乏味的生活时态。这一时期，他阅读了大量外国作家、诗人的作品，还先后翻译了波兰诗人米沃什和英国玄学派诗人约翰·多恩的多部作品。

1955 年，他正式踏上诗歌创作之路，起初他的诗歌是通过手抄本和当众朗诵的方式流传开来的，文学评论家埃米金特在回忆当时与布罗茨基在圣彼得堡街头相遇的情景时说：“他出神地朗诵着……他的诗句的强烈和悦耳，形成了一种魔术般的效果。”

1965 年，美国纽约一家出版社在他本人不知情的情况下，出版了他的第一部诗集《短诗和长诗》。在这部诗集中，最著名的是作者创作于1963年的长诗《献给约翰·多恩的挽歌》。这首诗看似作者与多恩的对话，实际上是作者自己作为诗人的一次倾诉，即社会沉默后的内心孤独的倾泻。他就像一只小鸟，眠宿在自己的窠巢，他对更自由生活的渴望，全都托付给了“被云翳遮没的那颗不灭的星”。这星便是作者对未来的企盼——

睡了，墙壁，地板，画像，床铺，
睡了，桌子，地毯，门闩，门钩，
整个衣柜，碗橱，窗帘，蜡烛。
一切都睡了。水罐，茶杯，脸盆，
面包，面包刀，瓷器，水晶器皿，餐具，
壁灯，床单，立柜，玻璃，时钟，
楼梯的台阶，门。夜无处不在。
无处不在的夜：在角落，在眼睛，在床铺，
在纸张间，在桌上，在欲吐的话语，
在话语的措辞，在木柴，在火钳，
在冰冷壁炉中的煤块，在每一件东西里
在上衣，在皮鞋，在棉袜，在暗影，
……

《献给约翰·多恩的挽歌》一开头就告诉人们：世界上的一切都在黑夜中睡了。这种隐喻只有用多恩的方式悼念多恩时才能看到。多恩是16世纪英国玄学诗派创始人，在被忽视数百年后，于20世纪初被重新发现。他备受大诗人艾略特的推崇，因而对世界现代诗歌产生了重大影响。其诗奇诡巧妙，怪癖晦涩，融思辨与抒情于一炉，汇深刻与感性于一体，故称为“玄学诗派”。

世界上的一切都在黑夜中睡了，而布罗茨基却还醒着。

这在斯大林时期是非常危险的，尽管西方评论界认为布罗茨基并非是一名“持不同政见者”，而是一名“观点上的异议者”，但他的诗歌却显示出作为青年叛逆诗人的反抗立场。因此，后来发生的事情也就在人们的意料之中了。

1963年11月，圣彼得堡主流媒体率先抨击布罗茨基是“一个半蜕化的寄生虫”、“一个色情化与反苏维埃的诗人”，接着在全社会开展了对他持续性的批判和谴责，并两次把他送进精神病院。1964年3月，经过苏维埃式的审判，他被以“社会寄生虫”的罪名判处5年劳改。

在冲刷“社会寄生虫”罪名的劳改生涯中他饱尝了各种滋味，但他始终如一地保持着统一的人格和对文学及语言的信仰。他始终认为“诗人承担着衡量、检查、质疑的主要作用。诗歌成为与时间、变形原则抗衡的决定性力量。诗人在专制社会表面的沉默和开放社会令人麻木的信息洪水中成为发言人”。

瑞典学院常务秘书艾伦一语中的：尽管布罗茨基毫不含糊地声明过他的立场，政治争论绝不是他的主要兴趣所在。他提出的问题具有更加普遍的意义——人的责任是过自己的生活，而不是那种由别人的类型或模式所规定的生活："自由／是你忘记如何拼写暴君姓氏的时候……"

1971 年，以色列向布罗茨基发出到以色列定居的邀请。1972 年 5 月，他离开苏联拐道去了美国，在那里他的诗才得到了充分的施展。在此后的 10 年间，他出版的主要作品有俄文诗集《一个美丽纪元的结束》《罗马哀歌》，英译诗集《约瑟夫·布罗茨基诗选》《言辞片断》等。

布罗茨基虽然受到了迫害，但他也是幸运的，毕竟没有丢掉生命，而且成功逃生，并在之后的岁月中，很好地发挥了他的文学才能。

三、"未来主义"作家的生命宣言

鲍利斯·列昂尼德维奇·帕斯捷尔纳克，是一位命运非常坎坷的作家。他尽管在 1958 年获得了诺贝尔文学奖，但这个奖项却给他带来了不幸。

这一年，正是帕斯捷尔纳克的长篇小说《日瓦戈医生》在欧洲风靡之际，所以引起了人们太多的联想，特别是原苏联意识形态领域更是反应强烈。《真理报》率先发难，谴责《日瓦戈医生》的作者是苏联的叛徒，抨击瑞典学院的决定是一种"冷战的挑衅"。紧接着，便是原苏联作家协会举行公众大会，要求政府将帕斯捷尔纳克驱逐出境。

欣喜若狂的帕斯捷尔纳克这才觉察到问题的严重性，他几乎是毫不犹豫地做出了妥协，即刻给瑞典学院发去电报，声明自己拒绝接受“诺奖”，随后又给时任苏共总书记的赫鲁晓夫写了一封“情真意切”的长信，再三表示自己“热爱祖国之心至死不变”，恳请苏共中央将自己留在祖国的土地上。

与此同时，西方媒体火上浇油，竭力称赞《日瓦戈医生》“是诗人精神上的洞察能力的有效拓展”，是“当代苏联文学中最优秀最有价值的作品”，并很快被译成 18 种文字，在西方各国风行。

这使得帕斯捷尔纳克的处境愈发尴尬，他就像日瓦戈医生一样感到困惑、迷茫甚至绝望。

同样一部作品，西方大加赞赏，本国却口诛笔伐，是什么原因导致如此冲突呢？说到底是他所倡导的未来主义创作思想与苏联主流意识形态所主张的文艺方针的尖锐矛盾。

未来主义是一个具有反叛精神的文学流派，它抨击以王权、教权为特征的国家机器，强烈要求社会变革，构建一个高度发达且具有充分自由的“未来”社会。

显然，这与苏联当局所倡导的文艺观是水火不容的。十月革命胜利后特别是 20 世纪二三十年代，帕斯捷尔纳克曾经意识到这个问题，也试图抑制自己的个人主义倾向，并响应马雅可夫斯基“同辈的苏联诗人要投身到革命斗争中去，为苏维埃政权服务”的号召，写过一些歌颂苏联红军的作品，如《施密特中尉》和《1905》等，他还专门创作了一首歌颂列宁的长诗《崇高的疾病》。但这些作品终因没有达到令人身心震撼的程度，更没有达到高尔基人民作家的高度而淹没在了主流意识形态的汪洋大海之中。

进入20世纪30年代之后，斯大林领导的大清洗运动风起云涌，始终抱着未来主义幻想不放的帕斯捷尔纳克自然被扫进了“历史的垃圾堆”，成为主流意识形态从肉体上消灭的“杂音”。但在关押与审讯期间，革命者却发现了他具备翻译斯大林故乡格鲁吉亚诗歌的才能，所以在忍受了半年的屈辱之后，他竟奇迹般地被“废物利用”了。

这时，他已经心灰意冷，只能靠着回忆过往时光或翻译外国作品来打发毫无意义的人生。帕斯捷尔纳克出生在莫斯科一个犹太人家庭，父亲是大学教授，母亲是钢琴家，他从小受到了良好的教育，大学时曾留学德国马尔堡大学哲学系。回国后，认识了马雅可夫斯基，由此他参加了未来主义文学团体，并创作了诗集《云雾中的双子星》和《在堡垒之上》。十月革命胜利后，他又创作了诗集《生活啊，我的姐妹》与《主题和变调》。这些作品强调作者内心对生命、生活、爱情、艺术等多方面的感受，充满着主观体验和唯美主义色彩。

20世纪二十年代中期，苏联官方彻底否定了未来主义创作思想，认为它严重“缺乏思想性和人民性”。作为该流派代表人物的马雅可夫斯基和帕斯捷尔纳克自然遭到猛烈批判。在批判中，马雅可夫斯基不堪忍受暴风雨式的巨大侮辱，终于在一个漆黑的夜晚饮弹自尽了。

帕斯捷尔纳克从此生活在恐怖之中。特别是经历了“清洗”之后，他已经没有了创作激情，脑子里整天浮现出马雅可夫斯基的满面愁容，为此他创作了长诗《诗人之死》和抒情诗集《第二次诞生》。

1955 年，帕斯捷尔纳克终于难耐长时间的压抑，抱着“破罐子破摔”的心态一股脑儿把自己一生中的苦闷全倾注在了《日瓦戈医生》里。这部小说以十月革命前后历史为背景，描写了日瓦戈医生的悲惨遭遇，反映出这一时代俄国知识分子对十月革命的迷茫、抵触和无所适从。从日瓦戈医生身上也折射出作者由欢迎十月革命到歌颂十月革命再到成为革命陌路人的心路历程。这部作品用现在的眼光来看，无疑是从人类精神层面关照一个波澜壮阔的伟大时代的杰作，是人类自由生活的生命宣言。

当时，他将这部作品的手稿寄给了前苏联《新世界》杂志社，但很快收到了退稿，并附有一封措辞严厉的谴责信：“你的小说精神是对社会主义的仇恨……首先你对十月革命头十年的看法，旨在说明这场革命是个错误，而对支持革命的那部分知识分子又是灾难性的，并且以后发生的事情都是罪恶……”

原稿退回以后他心有不甘，又通过第三人将书稿交给了意大利的一个出版商，并很快译成意大利文出版，成为当时轰动一时的伟大作品，而且获得了给他带来巨大灾难的诺贝尔文学奖。

此后他便在莫斯科郊区的一个小乡村度过类似软禁式的生活，直到 1960 年患脑淤血去世。

⊙ 蒲宁：落日余晖的守望者

伊凡·亚历克塞维奇·蒲宁是一位有着顽固贵族情结的俄罗斯作家。

1870 年他出生于俄罗斯中部沃罗涅什镇一个没落贵族家庭，其父是一位出类拔萃的酒鬼赌徒，祖上的家产未等蒲宁中学毕业就被他挥霍殆尽。

蒲宁经历了贵族生活的奢华，也感受了家族没落的痛苦。

就在中学毕业那年，他不得不披着家道倾覆的尘埃告别故乡自谋生路。他先后当过图书管理员、报社勤杂工、企业统计员，甚至擦过皮鞋。

巨大的人生落差，使他看清了生命色彩的红与黑，也使他的生命多了几分坚忍的活性因子。

好在他在与命运抗争的突围战中，把志趣作为生命旅程的突破口。这个突破口促使他在哥哥的辅导下系统自学了大学课程，深入研究了普希金、莱蒙托夫等俄国古典诗人的创作手法，为日后的文学创作奠定了深厚的基础。

有人说，蒲宁是个幸运儿，上帝为他关上了贵族生活的大门，却为他开辟了通往文学大师的康庄大道。实际上，任何幸运都是为有准备的人而准备的。

1887 年，17 岁的蒲宁发表了《在曼德逊的墓前》等诗作，抒发了对童年生活的留恋和家乡自然风光的挚爱，展现了进军诗坛的炽烈之心。

随后，他出版了第一本诗集《在露天下》。该书大胆背离当时标榜对社会有实用价值的作品风格，尽情营造善感、纯真而又优美的诗歌意境，开一代崭新诗风，得到了托尔斯泰、契诃夫、高尔基的赏识。

紧接着，他又出版了《落叶》，这部诗集不仅引起了社会反响，而且荣获了他有生以来第一个含金量十足的荣誉——普希金奖。

蒲宁的获奖是理所当然的。

这部诗集是蒲宁努力形成自己风格的力作，从这里我们不仅看到了普希金浪漫主义的诗歌传统，也看到了自然主义诗歌的创作手法。在这些诗作中，蒲宁通过家乡的自然风光尽情展示内心的感受和联想，表现作者对贵族生活的留恋以及家道衰落的惋惜，感怀人生路上邂逅的爱与痛、乐与悲。读来令人明显感受到蕴含在诗作中的快慰与忧伤。

就在他的诗歌创作步入辉煌之时，他却突然改变创作方向，开始向小说进军，时间刚好跨入 20 世纪的门槛。

他先后创作了《冬苹果》《末日》《乡村》《欢乐的庭院》《兄弟们》《从旧金山来的绅士》等，这些作品遵循了屠格涅夫、托尔斯泰等大师开创的古典现实主义创作手法，表达了作者对贵族墨守成规最终导致衰败以及对自己未来命运的关注。从作者的情绪中，我们看到了蒲宁顽固不化的贵族情结和难以抚平的挽歌式心境，他的所有作品几乎都充盈着这种愁绪，无不给人一种死守落日余晖的遗老印象。

尽管如此，他还是赢得了俄罗斯人民的爱戴，1909 年他被推举为俄国科学院院士。1914 年《真理报》把他与高尔基、托尔斯泰并列为最具影响力的作家，他的小说《乡村》自然也成为极具影响力的作品。

《乡村》以俄国当时社会为背景，通过农民库兹玛的破产和四处流浪的不幸遭遇，突出反映了俄国资产阶级大革命失败后，农民失去土地、失去自由和希望破灭的痛苦命运。正是这部作品使他赢得了1933年的诺贝尔文学奖，理由是“严谨的艺术才能，使俄罗斯古典传统在散文中得到继承”。

诺贝尔文学奖委员会主席霍尔斯陶穆这样评价他的作品：“一部《乡村》小说，使40岁的蒲宁声名鹊起。在小说中，他抨击了那些有民族自大狂的农民，对那些乡愚的嘴脸作了入木三分的刻画。作者虽未从历史的角度分析农民的没落，只简述了两位主角的祖父被庄园主纵犬追逼而死，但这个情节耐人寻味，它暗示了一种先天的精神压迫，蒲宁以对这种精神压迫的描写来暗示自己对这种高压手段的鄙视。蒲宁的这部作品完整地体现了俄国文学的本色——阴郁加残酷。”

普宁在领取诺贝尔文学奖时表达了他内心的感受：“有位哲学家曾经认为，即使是最高的欢乐也不足以和那些撩人的哀伤相提并论；现在我不想在这个晚宴上撩起那些我永远忘不了的哀伤，但我要说，过去50年的经历里，我的哀伤远胜于欢乐；而那些哀伤并非全部是我个人的，绝对不是。”

他的哀伤不仅来自于失去贵族生活的落寞和没落贵族的怀旧情绪所造成的对新政权的抵制和背井离乡的痛苦，更来自于他与当时政治氛围的不和谐，甚至被当做专政对象，受到严厉批判。1920年，在祖国生活了50年的蒲宁，由于顽固的贵族立场和对苏联红军莫名的恐惧，不得不仓皇挤上一艘开往法国的邮轮，开始了他后半生的流亡生涯。

在充满浪漫主义文化情怀的巴黎，他试图创作出更加有影响力的作品，结果却因枉顾贵族生活的逝去所引起的忧郁症和长期流亡所产生的思乡病，而失去了敏锐的洞察力和创作激情，终使他的两百多部流亡作品成为平庸之作。

1953年，蒲宁的生命走到了尽头。至死他都想着回到俄罗斯土地上过无忧无虑的贵族生活，可惜他的这个愿望终究未能实现。

⊙ 肖洛霍夫：静静的顿河也咆哮

1964年，萨特不仅拒绝接受诺贝尔文学奖，而且抨击这个奖项未能平等地颁给各民族和各种意识形态的作家，他认为苏联作家肖洛霍夫是当之无愧的。

肖洛霍夫言听到此言吓得不轻。

此时，他的处境并没有完全好转。一部《静静的顿河》让他吃尽了苦头。起初，有人指控他是个骗子，说《静静的顿河》不是他创作的，真正的作者是费奥尔克鲁乌科夫，而他只是在这位去世作家未出版的手稿上改写了前两卷的5%和后两卷的30%。为此，肖洛霍夫专门申请政府为其作品正名。紧接着，时任苏联作家协会总书记法捷耶夫等一批作家，指责《静静的顿河》的结尾让人失望，批判肖洛霍夫把心爱的主人公引向精神空虚。诗人阿谢耶夫甚至说：“作品漏洞百出，作家却心爱不已，谁也回天无力。”就连阿·托尔斯泰也说：“《静静的顿河》这部书既在读者中引起了欣喜，又引起了悲哀……作者的错误在于小说第四部收尾……要求作者延续葛利高里生命的读者将修正这一错误。”

正是在这种氛围中，瑞典学院那些“老朽们”，接受了萨特的建议，打算将诺贝尔文学奖颁给肖洛霍夫。

肖洛霍夫听到这个小道消息惊恐万状。

他立即给时任苏共总书记的勃列日涅夫写信，说：“不久前，诺贝尔委员会副主席来过莫斯科。在作协与他交谈中，得知诺贝尔委员会将在今年讨论我的候选人资格……为应付今后需要，我很想了解，如果这项奖金授给我，苏共中央主席团抱什么态度，我的中央委员会将会给我出什么主意。通常在10月授奖，不过我想在这之前，应该对你们就此问题所持态度做到心中有数。”

勃列日涅夫征询文化部的意见，文化部明确回答：“苏共中央文化部认为，如果诺贝尔文学奖授给肖洛霍夫，这将是诺贝尔委员会对一位杰出的苏联作家创作的世界意义的认可。因此，如果能获奖，文化部认为没有理由不接受。”此后，苏共中央政治局专题研究了此事，通过了文化部的意见。1965年，肖洛霍夫终于如苏维埃政权所愿，获得了该年度的诺贝尔文学奖。

得到苏共中央的正面答复之后，肖洛霍夫才松了一口气。

肖洛霍夫于1905年出生在顿河地区的一个小乡村，他在家乡读完了小学中学，之后便参加了苏维埃政权工作，先后当过办事员、征粮队队员等。1922年，这位有着金色梦想的年轻人去了莫斯科寻求发展，起初当过搬运工、泥水匠、会计等。这些经历为他日后的文学创作积累了丰富的生活素材，这期间他开始学习文学创作。1924年，他加入俄罗斯无产阶级作家联合会，同年发表处女作《胎记》，此后连续在报刊上发表多篇小说，直至1926年出版小说集《顿河故事》和《浅蓝的原野》。也是在这一年，他又回到了故乡潜心《静静的顿河》的创作。

《静静的顿河》为四部八卷本长篇巨著，第一部出版于1928年，第二部出版于1929年，第三部出版于1933年，第四部出版于1940年。

这部小说以发生在1912年至1922年间的第一次世界大战、十月革命和国内战争为背景，以主人公格利高里·麦列霍夫的个人经历为主线，以他家的遭遇为结构基础，艺术地再现了这段重大历史时期顿河地区哥萨克社会的历史性变迁，广泛深刻地表现了哥萨克人在生活上和心理上的巨大变化，同时也揭露了战争——这个充满着智慧的人祸，对人类自己的扭曲以及无奈。主人公格利高里参加过第一次世界大战，后来两次参加红军，三次卷入白匪，最后理想破灭，万念俱灰。作者通过小说主人公抒发了他对战争的深刻认识。他认为任何歌颂战争、鼓吹战争和热衷于战争的行为都是人类的噩梦。战争——这个人祸比所有的自然灾害都更加危险，人类发明了战争就等于找到了毁灭自己的强大武器。

《静静的顿河》从战争给人类带来的灾难和心灵创伤的角度写战争，对战争进行反思，开拓了战争文学的新领域。在叙事风格上作者继承托尔斯泰《战争与和平》的传统，将人与历史、个人与众人、历史与现实、战争与和平、国家与民族等都艺术地结合在一起，巧妙地展现个人悲剧命运与惊心动魄的历史冲突、复杂的社会变革与个人丰富生命内涵的关系。这部巨著既有宏伟深沉的史诗性，又有完美感人的悲剧性，气势雄浑格调悲壮，成为广博的历史内容与个人悲剧命运有机结合的艺术典范，成为俄罗斯文学和世界文学宝库中的一部精品力作。

从这部作品中，我们深深地感到了他对家乡那种真挚的爱。他经常在描绘草原景色或是叙事过程中，中断故事进程来倾诉自己的感情："低低的顿河天空下的故乡草原啊，一道道干沟，一带带的红土崖，一望无际的羽茅草，夹杂着斑斑点点、长了草的马蹄印子，一座座古冢静默无声，珍藏着哥萨克往日的光荣……顿河草原啊，哥萨克的鲜血浇灌过的草原，我向你深深地鞠躬，像儿子对母亲一样吻你那没有开垦过的土地！"

斯大林逝世以后，肖洛霍夫的思想与生活有了新的变化，他更加注重真理的阐释。正当苏联新领导人赫鲁晓夫用自己的皮鞋敲打联合国会议的桌子，叫嚣战争决定论时，他看出了这种危险，并及时创作了短篇小说《一个人的遭遇》，作品着力渲染战争给个人、家庭带来的苦难，从而为狂热的战争情绪降温。他还对斯大林的个人迷信作出严厉批评，他认为个人迷信是对人类的蔑视和反动，是人类走向文明的最大障碍。

肖洛霍夫的一生是极具争议的一生，晚年虽然有了明显好转，但他对文学创作却失去了激情，只留下半部描写卫国战争题材的长篇小说《他们为祖国而战》。

⊙ 索尔仁尼琴："古拉格群岛"的呐喊

瑞典学院的老朽们这次表现得相当智慧，他们给 1970 年获得诺贝尔文学奖的原苏联作家亚历山大·索尔仁尼琴作出的获奖评语是如此的恰如其分："展示了人在最黑暗的环境中对人性的热爱和对不屈不挠的人类精神的信仰。"

索尔仁尼琴出生在北高加索的一座小城，当他迎来人世间第一缕曙光的时候，他军官出身的父亲已经离开了人间，他是在做中学教师的母亲呵护下长大的。23 岁那年他大学毕业刚好赶上卫国战争，一年后，他怀着一腔热血以炮兵侦察连连长身份去了前线。

战斗间隙，他把抨击斯大林的暴政当作乐趣，并把这些乐趣写信告诉好友，结果被好友出卖，由此获刑 8 年，刑满后又遣送到哈萨克斯坦流放 3 年，直到他 38 岁时才获得人身自由。

这时的苏联已经进入了赫鲁晓夫时代，他的问题得到了彻底平反并恢复名誉，于是他回到家乡担任了一所学校的物理教师。他的文学生涯就是从这个时候开始的。

1962 年，这位在苏联文学界默默无名的文学爱好者，终于在时任苏共总书记赫鲁晓夫的特批下，将一篇题为《伊凡·杰尼索维奇的一天》的中篇小说，刊登在了苏联作家协会机关刊物《新世界》杂志上。由于这部作品第一次公开了斯大林时代劳动集中营的内幕，一时成为苏联文学界一枚重磅炸弹，把沉闷了几十年的苏联文坛炸得浪花四溅，索尔仁尼琴也一跃成为家喻户晓的大作家。

1963年，他出版了《索尔仁尼琴中短篇小说集》，其中收录了《马特辽娜的家》、《克列切托夫卡车站事件》等4个短篇。这是除了《伊凡·杰尼索维奇的一天》之外，他在苏联国内正式出版的唯一一部作品。

次年，苏联迎来了勃列日涅夫时代。他一上台就对索尔仁尼琴采取责难和压制的态度，并且公开批判了《伊凡·杰尼索维奇的一天》。这使索尔仁尼琴相当气愤，于是他于1967年苏联第四次作家代表大会前夕发表了一封公开信，强烈抗议苏联的书刊检查制度，认为当时的苏联文学“正处在压迫的窒息中”，要求“取消对文艺创作的一切公开的和秘密的检查制度”。苏联作家代表大会谴责了索尔仁尼琴的行为，并通过了索尔仁尼琴是苏联作家的叛徒的决议。

索尔仁尼琴做出反击，于1968年连续创作了长篇小说《癌症病房》和《第一个包围圈》。这两部作品从不同角度揭露了斯大林时代的监狱践踏人权、实行残酷专政的种种黑幕。这更加激怒了想在国际舞台上树立良好形象的勃列日涅夫政权，他们对索尔仁尼琴展开了大范围的批判和封杀行动。然而，索尔仁尼琴却大胆地通过地下通道将他的两部作品传到了国外，并在欧洲出版发行。

1970年，索尔仁尼琴凭借着他的《癌症病房》获得了诺贝尔文学奖，理由是：“展示了人在最黑暗的环境中对人性的热爱和对不屈不挠的人类精神的信仰。”

这个评语严重刺痛了勃列日涅夫的神经，他说这是“冷战性的政治挑衅”，并以此为借口阻挠索尔仁尼琴去斯德哥尔摩领奖。

更加残酷的是，勃列日涅夫指使“克格勃”对索尔仁尼琴进行了长期监控，1973年查抄了他呕心沥血十年写成的《古拉格群岛》手稿。好在它的副本已到国外，同年在巴黎正式出版。

“古拉格”是苏联劳动改造总局的缩写译音，暗指苏联劳改集中营像群岛一样遍及全国。《古拉格群岛》全书140万字，共分监狱工业、永恒的运动、劳动消灭营、灵魂与铁丝网、苦役刑、流放、斯大林死后等七部。书中除了作者描述自己的经历外，还引证了200多劳改犯人的回忆、书信、谈话以及苏联官方的资料和西方国家的评论。小说从列宁时代开始，一直骂到勃列日涅夫时代，把早年的布尔什维克专政和勃列日涅夫时代的统治全部斥之为“罪恶”。这部书是深刻理解苏联政治体制的重要参考资料。

《古拉格群岛》在国外出版以后，索尔仁尼琴再次受到猛烈谴责和抨击，1974年以叛国罪被捕入狱，但很快又把他驱逐出境，此后他长期居住美国。这一时期，他创作了《一九一六年十月》《一九一七年三月》和《一九一四年八月》，作者称，这个“三部曲”是“一生中追求完成的主要创作业绩”。

叶利钦执政后把索尔仁尼琴请回祖国。俄罗斯人民给了他深深的敬意，认为他是一个真正的爱国者，是一个良心作家。俄共领导人久加诺夫说，索尔仁尼琴真心希望俄罗斯能富裕和强大。前苏联领导人戈尔巴乔夫也这样评价索尔仁尼琴：“我们应该感谢索尔仁尼琴，感谢他作出的杰出贡献，以至于最终使俄罗斯成为一个自由和民主的国家。”

第十章 独特民族性的文学命题

在漫漫历史长河中，以中国为代表的亚洲文学，影响了整个世界。先秦的《诗经》，秦汉的辞赋，唐宋的诗词，明清的戏剧小说，都是当时世界文学的顶峰，是世界文学宝库中灿烂的文化遗产。特别是中国四大文学名著《三国演义》《水浒传》《西游记》《红楼梦》，更是世界文学的瑰宝。

现在，我们所说的有些文学流派，早在一千多年前的中国就有雏形了。比如屈原的作品，就是批判现实主义；李白的诗歌，明显属于浪漫主义；马致远的“枯藤老树昏鸦”则属于自然主义，等等。

中国古典文学的辉煌，不仅照耀了亚洲，也照耀了世界，许多诺贝尔文学大师都受到过中国古典文学的熏染。如印度的泰戈尔，日本的川端康成、大江健三郎，欧洲的叶芝、萧伯纳、托马斯·曼、纪德，美国的赛珍珠等等，不一而足。

只是到了近现代，亚洲文学确实逊色于欧洲文学。在至今115位诺贝尔文学大师中，欧洲占了84位，而亚洲只有6位，他们是：泰戈尔、阿格农、川端康成、大江健三郎、帕慕克、莫言。

尽管诺贝尔文学奖的评委们有些偏见，但它的权威性不容置疑，现在世界范围内，有哪个文学奖可以与之相提并论？瑞典学院那些老朽们，常年都在用审视的眼神，满世界搜寻符合诺贝尔文学标准的作家，他们才最想把最优秀的作家，推上诺贝尔文学奖领奖台。这是他们的荣耀。试想，有哪个评委愿意推一个“二百五”出来呢？

一、光耀亚洲的中国现代文学

20世纪二三十年代，是中国文学史上最辉煌的年代。这一时期，名家辈出，名著纷呈，他们以及他们的作品不仅领航于亚洲，而且影响世界。如鲁迅、郭沫若、丁玲、巴金、茅盾、老舍、沈从文、张天翼、柔石、殷夫、钱钟书、张恨水、路翎、沙汀、李广田、夏衍、陈白尘、戴望舒、萧军、萧红、郁达夫、林语堂、梁实秋等等，都是文学大家。

那是一个风云际会的时代，一方面，国内民族矛盾、阶级矛盾空前激烈，一方面政治气氛比较宽松，这就为大文豪大作家的扎堆儿出现创造了条件。尤其是五四运动的春风，吹醒了沉睡的人们，一时间思想开放、观念更新、社会更替成为时代主旋律，用文学的春天形容这个时代并不为过。

这些大文豪大作家经历了五四运动洗礼之后，较好地吸收了西方思想精华，又深受中国古典文学和传统文化熏陶，注重在兼容并蓄中发展自己。新旧时代的交替，使他们在不同文化背景、不同社会条件下，感悟到了更多的文学创作元素，从而使他们的作品更具时代感。

中国文人有一个血脉里挥之不去的特点，即讲求“文以载道”，遵循立德立言立身之人生圭臬，把国家命运与个人命运联系在一起。梁启超认为：“欲新一国之民，不可不先新一国之小说。欲新道德，必先新小说；欲新宗教，必新小说；欲新政治，必新小说；欲新风俗，必新小说；欲新文艺，必新小说；乃至欲新人心，欲新人格，必新小说。”他把文学当做救国救民的重要思想武器。

鲁迅深解其意，所以他弃医从文，利用文学为社会治病，他的《狂人日记》《呐喊》就是这种题材的作品。

《狂人日记》是鲁迅创作的中国第一部现代白话文小说，发表于 1918 年 5 月《新青年》月刊。这部小说通过“狂人”这个典型形象，揭示了封建礼教背景下，人与人之间严格的等级关系，以及由这种关系所导致的“人吃人”现象。小说中的狂人，异于常人的言行举止导致他在社会上的各种遭遇，被认为“有病”。狂人在日记中所叙述的各种环境虽然杂乱无章，却一语道破了中国封建社会的丑恶和凶险。作者笔下的狂人，具有强烈的象征意义。鲁迅想告诉读者的无非是——一个病态的社会，最终必然导致人的病态。狂人之所以成为狂人，一定有其深刻的社会原因，在人与社会这个因果关系中，社会起着主导作用，人是社会作用的结果。

丁玲的《莎菲女士的日记》也是这样一部作品。

这部作品通过对莎菲女士心路历程的描写，刻画了 20 世纪初经过五四运动洗礼的知识女性的失意和苦闷、理想与追求，为中国新女性树立了一个独具特色的人物形象。莎菲是一位在心灵上承受着时代创伤的女性叛逆者，是五四运动之后新女性爱情和生活双重人格的代表者。莎菲生活的年代，正是五四运动传播的新思想与封建思想尖锐碰撞的 20 世纪初期，新一代知识女性的醒悟刚好碰上无路可走的社会现实，这就是那个年代的“时代苦闷综合征”。丁玲敏锐地捕捉了这一社会问题，写出了《莎菲女士的日记》这部不朽作品，目的在于警示人们：社会还有许多病症，需要大家起来加以根治。

这个时期的丁玲充满着创作激情，无论是语言抑或情感，都是那么纯净而雅致，作品也是那么清新而富有张力。

巴金的“激流三部曲”《家》《春》《秋》，在中国现代文学史上占据着重要地位。

《家》所表现的矛盾冲突，发生在五四运动之后，青年一代的理想与旧家庭的约束产生激烈对撞，故事由此展开。《家》的主人公觉慧，是一位受新思潮影响的新生力量代表，他坚决反对大哥觉新的“作揖哲学”和“四合院文化”，他的信念很单纯，就是对旧社会的家长制做不妥协的斗争。他认为，旧家庭里面的一切简直是一个复杂的结，而且无法解开。因此，他对这个等级森严礼节繁复的“家”心怀不满，反而对热心政治、批评社会、创办刊物的新朋友产生了兴趣。最后，他毫无顾忌地离开了家庭。作者通过觉慧写出了五四运动在青年人中的思想激荡，写出了封建体制内部新生力量的迅速成长，也通过觉慧这个人物形象，对旧制度做出了深刻批判。

那个时代的中国文学是一个难以企及的高峰，虽然同时代印度出了泰戈尔，日本出了川端康成，但他们都是以个体示人的，并没有形成一个像中国这样灿若星河的群体。

二、用生命书写中国现实

在上世纪中叶的亚洲作家中，我最喜欢的作家是老舍。他的文学成就绝不亚于“诺奖”作家。或许他就应该是这个行列中的一员，只是时运不济错失了机会。

1968 年，瑞典学院的评委们以投票第一的结果，将老舍纳入同年度“诺奖”之列。遗憾的是，老舍先生已经去世，那一年只能急急忙忙地将这个奖颁给了日本作家川端康成。

老舍，原名舒庆春，1899 年出生在北京，满族正红旗人，父亲是一名满族护军，阵亡于八国联军攻打北京时。老舍的代表作有《四世同堂》《茶馆》《骆驼祥子》《龙须沟》等。

《四世同堂》创作于 1944 年，它以抗战时期北京的小羊圈胡同为展开场景，以几个家庭小人物的屈辱、悲惨、饥荒经历来反映市民在八年抗战中惶惑、偷生、苟且、抗争的社会心态，再现他们在国破家亡之际茫然、痛苦而又艰难觉醒的心路历程。

在这部巨著中，老舍精心塑造了许多栩栩如生的人物：谨慎持家的祁爷爷、忠厚善良的天佑老人、文雅柔弱的瑞宣、富有气节的钱默吟、任劳任怨的大嫂、热血青年瑞全、达观耿直的常二爷、狡猾且正直的白巡长、乐于助人的李四爷、无耻至极的冠晓荷、毒辣阴险的大赤包、堕入淫窟的招弟、聪明勇敢的桐芳……一个个鲜活的人物仿佛就生活在读者中间。

一个小羊圈胡同，一群形形色色的小人物，代表了当时千千万万不同心态的中国人，成为那个时代整个中国的缩影。老舍先生通过对这些人物的描写，让读者深切感受了日本侵华战争给中国带来的无穷灾难。

《四世同堂》虽然没有直接描写战争，但它以“七七事变”为开端，以抗战胜利为结尾，从侧面反映了一个个真实的历史事件，如七七事变、淞沪会战、太原会战、台儿庄大捷、汪伪政权建立、珍珠港事件、日本投降等等。作者透过人物的语言、见闻、活动和思想来展示和反思战争，并将人性放在战争环境中加以观照，使《四世同堂》达到了超越历史和政治意义的审美力量。

这部作品深刻的思想意蕴表明，一个民族的兴衰存亡，不仅在于其经济的发达、武器的先进，还取决于该民族普遍的社会心态。拥有几千年灿烂文明的泱泱大国，遭受日本侵略时的社会百态，无不引起中国人的深刻反省。作品告诉我们，如果不改变中国人“各扫门前雪”的文化心态，中国人不论怎样人口众多，也不管体格如何健壮，最终也只能做毫无意义的示众材料与看客。

诺贝尔文学奖获得者、法国作家克莱齐奥曾给《四世同堂》

的法文版作序《师者·老舍》。他说自己尤喜中国现代小说家的作品，如鲁迅和巴金，“我发现老舍小说中的深度、激情和幽默都是世界性的，超越国界的”。在序言的结尾，克莱齐奥写道：“老舍以大师的眼光，给我以启迪。”

在老舍的作品中，《龙须沟》也是值得赞赏的。

该剧创作于 1950 年，是一个主旋律的三幕话剧，剧中塑造了程疯子、王大妈、娘子、丁四嫂等人物形象。新中国成立前，龙须沟是条臭水沟，沟旁住满了各式各样卖力气的、耍手艺的下层人等，他们受尽了兵痞、流氓的欺凌。新中国成立后，龙须沟获得了新生，人民政府法办恶人，治理龙须沟，使沿岸人民过上了幸福生活。

这部剧作，在老舍笔下同样精彩纷呈，文学性洋溢，成为老舍的经典之作。因此，我们说老舍当之无愧地代表了同时期亚洲作家的高水准。

三、独特民族性的大胆书写者

亚洲作家的书写，基本上植根于本民族的文化土壤，致力表现本民族的独特性。日本作家川端康成如此，以色列的阿格农如此，土耳其的帕慕克亦如此。

尤其是莫言，这位满脑袋顶着高粱花子的胶东汉子，自从他钻出高密那片“高粱地”，就将眼神儿死死盯住了民族的独特性。

当他大着胆子将“我奶奶”与余占鳌等一干人“独特”在

“红高粱”地里的时候，那弹片横飞的“十八里坡”，就注定要演绎一场最有浓重生命意识的独特故事。

莫言的出现，着实让平庸多时的中国文坛惊恐了一回。

那是20世纪80年代，南美作家马尔克斯的《百年孤独》风靡中国，拥挤在现实主义独木桥上的中国作家们，惊喜地看到了魔幻现实主义的魅力。莫言和其他作家一样，迅速从这部作品中找到了创作灵感，他的成名作《透明的红萝卜》，就带着明显的魔幻现实主义印记。也正是从那时起，他暗中开始了超越乡土的独特尝试。“红高粱系列”就是他突然扔向中国文坛的重磅炸弹，正是这个“炸弹”让国内外读者认识了莫言。

这部作品的横空出世，让中国文坛骚动了许久，它突破阶级文学的藩篱，这是中国文学的重要进步。这种文学曾经在社会主义苏联出现过，即《静静的顿河》和《第四十一》。在那些作品中，好人与坏人是随着环境的改变而改变的。在现实生活中，特别是在胶东那片抗日战争时期曾经敌我拉锯的土地上，好人与坏人有时候只是个立场问题。但是，在我们过去的文学作品中，总是沿着好人与坏人的争斗而展开，无论是战争文学抑或伤痕文学，都没有摆脱这种创作思路。莫言的出现，甩掉了阶级的“坛坛罐罐”，大踏步地向文学纵深挺进，把战争文学与伤痕文学的思维方式留给了历史。

他的文学视野源于他生长的那片土地。他说：“我虽然当过军人，当过作家，但我骨子里是个农民，感情上倾向于农民。小时候在农村生活的景象，每时每刻都在我血液中翻腾。”这些翻腾着的生活元素大概是他在农村经历过的饥饿、辍学、受辱等各种苦难或隐忍，在那种环境中，他充分经受了传统文化的洗礼，看到了传统文化中的杂质。这些恰好成了他日后文学创作的优质素材。

莫言，原名管谟业，1955 年 2 月出生在山东高密县的农村，家庭成分富农。在阶级斗争的年代里，富农属于专政的对象，家庭成员必须脱胎换骨，重新做人。而少时的莫言却初生牛犊不怕虎，净说一些惹是生非的话，为了勉诫自己他改名莫言。

丰富的人生阅历，尤其在农村的生活经历，为他的文学创作提供了源源不断的灵感，他的“红高粱系列”就是植根于故乡又超越故乡的一部伟大作品。

这部作品最显著的艺术特征莫过于它反传统的基调。如果读完近 30 万字的“红高粱系列”，你会感到莫言反传统而又魔幻的笔墨在作品中飞扬：高粱地里的腥甜气息、惨不忍睹的活剥人皮、蹂躏妇女的场面描写、野狗吃人的撕裂声……令人毛骨悚然，但又觉得它异常的真实。更具特色的是莫言把死亡作为艺术来勾勒，书中形形色色的死亡过程都无一例外地被重重地涂抹上了一层美丽而又浪漫的情调，使作品充满了悲剧的美感。作者似乎并不认同类似“革命而崇高”的传统美学观念，把美学建立在现实与魔幻之间，让主观意识进入文学空间，用高密度的信息和高浓度的思想向读者提供新的美学感受。有人评价莫言“以乐境写哀境，以霁颜写狂想，把小说的悲惨和悲壮，坚韧和崇高推到了一个令人震骇的极境”。

如果说“红高粱系列”还不足以证明莫言所表现的独特性，那么，随着《丰乳肥臀》的出版，无论如何也会让你刮目相看。它就像一个具有相当威力的炸弹，轰然炸在了中国文坛。

这个炸弹似乎与“红高粱”地里的那包不同，它炸中的恰好是“我妈妈”那高耸如峰的乳房和雪白如棉的臀部，这使人感觉到周身的热血都涌动着一股生命的激情。他认为自己生活的这片土地就像母亲的丰乳肥臀，他必须把土地和母亲融为一体。

小说确实塑造了上官鲁氏这样一个母亲形象，她活到了95岁，经历了20世纪各种政治动荡、战争和自然灾害的磨难，艰难地养育了8个女儿和1个儿子。小说的核心人物是她的第9个孩子上官金童，他一出生，就迷恋母亲的乳房，后来得了现代生理学所说的“恋乳癖”，只要离开女人的乳房，他就没法生活，从而成为小说的一个核心象征。小说中，母亲养育孩子的历史，同时也是中国历史为个体生命打下深刻烙印的历史。小说中，在中国大地上较量和驰骋的各种力量，共产党、国民党、游击队、土匪、日本侵略军、地主、传教士等纷纷登场，在小说中以各种关系纠葛和缠斗着，演绎着历史和生命的激情与荒谬。最终，莫言通过这部小说，将20世纪尤其是后半叶的中国大地上的风云变幻，以种种人物的命运纠葛呈现出来。

莫言自己也认为“《丰乳肥臀》集中表达了我对历史、乡土、生命等古老问题的看法，毫无疑问，《丰乳肥臀》是我文学殿堂里一块最重的基石，一旦抽掉这块基石，整座殿堂就会倒塌”。

他似乎预料到了，这块基石自它面世那天起，所谓的文学权威们就想把它抽掉，为此还逼着他写下了永远不出版此书的保证书，理由是这部小说很反动。这时的莫言情绪有些波动，连续几年没有创作出像样的作品。但他没有消沉，而是积极调动能量，准备向更高的文学目标挺进。

在积累了多年的能量之后，莫言终于在《檀香刑》上达到了新高度。这部小说的结构和叙述“大踏步撤退”，表面上看，它从传统的中国小说甚至是民间文学当中吸取了相当多的营养成分，有很多民间传说的外形，也有民间说唱文学的影子。同时，这部小说首先就强调了声音，而对声音的强调恰恰是现代小说的特点。莫言写这部小说的时候，着重写了内心的声音、火车的声音、地方戏猫腔的声音，这些声音带着历史的全部信息，声调高低不同、音质各异的声音，不断把小说的叙述推向真正的高潮。

对小说内部时间和空间的探索，是超现代主义文学流派和后现代主义小说所着力突破的地方，莫言在写这部小说的时候，对此显然已经了然于心。小说中，对中国历史和传统文化的批判非常激烈和彻底，莫言试图通过对凌迟和檀香刑等酷刑的逼真描绘，使小说走向狂欢式高潮。这种景象在莫言过去的小说当中，像在《红高粱》《欢乐》《食草家族》以及《天堂蒜薹之歌》里，都有着同样的狂欢式叙述。

文学评论家李敬泽说，《檀香刑》像一个标杆，“它写出的是我们的历史，但它也在形成文化和文学的未来”。

这就是莫言。胳肢窝里夹着一包“红高粱”，坐在“肥臀”上吸着“丰乳”，残忍地观看“檀香刑”。在读者看来，莫言的文学是一种人性的残酷，但他通过这种残酷把人性的美好送给了人间。有人说，莫言把追求阳光的触角伸向了黑暗。这正是作家的一种文化危机意识，他们在加固和继承传统文化的同时，剥离着融化在传统文化之中的各种杂质。

不可否认，莫言带给人们的绝对是一种全新的文化信息，无论是他的《红高粱》，抑或《丰乳肥臀》和《檀香刑》，这些作品里面弥漫着的生命气息，对新大陆的焦灼向往、意义和价值的重新确立以及对人的尊严的张扬都是空前的。它不像苏童的《妻妾成群》那么贵族化，也不像刘震云的《一地鸡毛》那么市侩化，它所表现的是整个民族在生命苦旅中所出现的一种生存景观，这种景观所营造的是几近原生态的人性之美。

可以这样说，莫言的艺术视野似乎更广阔些，他几乎把文学对人性的拷问推到了一个全新的高度，恰似一根艺术高地上的标杆，就这么不可磨灭地站着，站着……

而这个标杆所昭示的艺术特色，即通过魔幻手法拓展的文学新空间，使莫言在大气象的文学攀援中达到了世界高峰。他的努力终于得到了回报，2012 年 10 月 11 日从瑞典传来喜讯：2012 年度诺贝尔文学奖授予了莫言。他的获奖评语是“将魔幻现实主义与民间故事、历史与当代社会融合在一起”。

⊙ 川端康成：现代与传统融合的至美境界

川端康成的写作技巧诡计多端，变化无常。既融入了西方“意识流”技巧，又继承了本国优秀古典散文传统，形成了自己作品独特的意境之美。

1968年他获得了诺贝尔文学奖，理由是：“以敏锐的感受，高超的小说技巧，表现了日本人的精神世界。”在颁奖仪式上，诺贝尔文学奖评选委员会主席奥斯特林这样评介他：“川端先生明显地受到欧洲现代主义的影响。但是，也明确地显示出这种倾向，他忠实地立足于日本的古典文学，维护并继承了纯粹的日本传统文学模式。在川端先生的叙事技巧里，可以发现一种具有纤细韵味的诗意。”

川端康成的文学功底非常深厚，这得益于他青少年时代所受的文学熏陶。川端康成是个不幸的孩子，1岁时父亲去世，2岁时母亲去世，8岁时祖母去世，12岁时姐姐去世，15岁时爷爷去世。亲人的相继离去给他造成了惨痛的精神打击，他不仅少言寡语而且非常自闭，几乎不同任何人来往，在他心目中，始终有一种挥之不去的阴影：“现今生活的世界，是一个像冰一般透明的、又像病态一般神经质的世界……我什么时候能够毅然自杀呢？这是个疑问。”好在他喜欢读书，是那些优秀的文学作品让他鼓起了生活的勇气。

上中学时他就立志成为一名作家，为此阅读了大量优秀的国内外文学作品。他特别喜欢惠特曼的《草叶集》和乔伊斯的《尤利西斯》，他对大师们的艺术表现手法十分崇尚。他也喜欢本国古典文学名著《源氏物语》，这是一部日本物语文学的典范，由女作家紫式部创作于11世纪，描写了源氏死后其子熏君的放荡生活及其造成的悲剧事件。这部作品在艺术创作手法上把虚构物语与歌物语结合起来，既重史实陈述又重心理描写，从而促进了物语文学的发展，是一部思想性、艺术性较为完美的作品。

川端康成在这些优秀作品的激励下开始尝试写作。1914 年与他相依为命的祖父去世，他把与祖父在一起的生活写成了委婉动人的《十六岁的日记》，这篇日记尽管有些稚嫩却显示了他的文学潜质。此后他又发表了短篇小说《千代》和《招魂节小景》，但没有引起太多人的注意。

真正让他走上文坛的是他的半自传体小说《伊豆的舞女》，小说描写的是一个大学生在一个偶然的场合邂逅了年方 14 岁的江湖舞女后所产生的天真、纯洁的情感，写出了那种缠绵悱恻的男女之爱，心理刻画细腻深入，颇多感人之处。

《伊豆的舞女》出版后引起了强烈反响，随后他又趁热打铁出版了《感情的装饰》。这两个“重磅炸弹”的抛出即刻在日本文坛产生了剧烈震动，川端康成迅速便成了“新感觉派”的重要人物。

“新感觉派”是针对日本文坛出现的无产阶级文学和自然主义文学而言的，它强调通过瞬间的感觉，用象征和暗示的手法来表现人的生存价值和存在意义；根据主观感觉把握外部世界，运用想象构成新的现实，然后通过新奇的文体和辞藻加以表达；大量使用感性的表达方式，描绘人物纤细的感情和心理活动。这是一个艺术至上的文学流派，但在 20 世纪 30 年代日本军国主义猖獗的时候，艺术的唯美主义已经被政治的国粹主义所取代，川端康成的文学理想只有暂时隐居在头脑中。

1943 年他接受日本军方派遣，来到被日军占领的我国东北、华北地区采访，撰写了大量美化侵华日军的新闻稿。日本投降以后，他对自己的行为感到惭愧，他说：“我作为一个已经死了的人，除可怜的日本传统美之外，再不想写一行字了。”然而，这种虚无主义的精神状态并没有持续多久，他便重新振作精神去实现他的文学理想了。1951年之后，他连续出版了《雪国》《千羽鹤》《山之音》《古都》《美丽与悲哀》《昏睡中的舞女》等。其中《雪国》是他的代表作。

这部作品描写了一个为人刻薄的中年舞蹈研究家岛村，分别与叶子、驹子两个女子之间发生的恋情故事。作者企图塑造两个不同类型的女性，一个是狂热追求爱情、形象清纯的驹子，另一个是精神缥缈、感情淡泊的叶子。前者如生活中的现实，后者似睡梦中的虚无。作品在歌颂女性美的同时戳穿了岛村追求无为生存的本质。

在漫长的文学之旅中，川端康成忍受了自己内心的巨大压力和伤痛，为世人奉上了一部接一部的经典作品。然而，1976年4月16日，他紧绷的神经终于崩溃了，这位一直处于忧郁、悲苦之中的作家，勇敢地将煤气管接到了自己的气管上，以独特的方式迎接了自己的死亡。

⊙ 大江健三郎：变异的现实主义“模特儿”

瑞典学院认为，大江健三郎的作品“存在着超越语言与文化的契机、深邃的见解、充满凝练形象的诗这种变异的现实主义”。

大江健三郎的文学成就源于他对本土文学中想象与神话的继承，以及对西洋文学中存在主义的吸收。他力图通过来源于现实生活的荒诞故事，表现陷于生存困境的当代人的迷惘、困惑、躁动和追求。他的作品既展现了变异、扭曲和丑化的世相，又深入探索了当代人如何开拓生存空间的问题。他的文学实践恰好证明了19世纪英国著名作家康拉德所倡导的“艺术是试着去发现世界，从现实生活中，也从物质中，去发现生活的根本、永恒和精髓”这一有别于传统的文学观念。

他认为，若以这种观念去丈量混沌不清的现实世界必须有特制的“模特儿”，实际上他的作品无疑“给我们提供了这种连接变化和延绵不断的神话的模特儿。通过这些模特儿，我们可以了解过去与现在的相互作用，可以区别作品中人物的微妙处境”。

这种微妙处境表现在他的作品中大体形成了三重体验，即童年时代生活在四国岛大山之中享受自然乡土的体验、经历日本人民遭受原子弹轰炸悲痛的体验和承受儿子脑瘫痛苦的体验。他把这些生活体验上升为文化问题综合思考，使其成为他探讨人类追求生存愿望的根源，以及他取之不尽的创作源泉和永恒的主题。

大江健三郎于1935年出生在日本四国岛爱媛县的一个小山村，那里重峦叠嶂，翠峰葱茏，大山和森林成了他成长的摇篮，家乡的一切给他留下了美好而深刻的印。1954年，他告别父老乡亲到东京帝国大学文学系求学。在大学期间他阅读了大量本国文学名著，并热衷于萨特、加缪、福克纳和贝娄等欧美当代著名作家的作品，进而对法国的存在主义进行了深入研究，他的毕业论文即为《论萨特小说中的形象》。

在萨特生命哲学和西方现代主义作家的影响下，大江健三郎开始了文学创作。1957年，他的短篇小说《奇妙的工作》在《东京大学新闻报》上发表并一举成名。日本著名文艺评论家平野谦认为这是一篇“具有现代意识的艺术作品”。接着，他又陆续创作了《死者的奢华》《人羊》和《他人的脚》等短篇小说，其中《死者的奢华》受到著名作家川端康成的高度评价。1958年他的短篇小说《饲育》获得第39届芥川奖。自此，他作为新文学旗手的角色初露端倪。

大江在学生时期的作品大都展示了人在封闭的现实社会中寻找自我和追求生存的状态，在深层意义上凸现生存的危机意识，表现了作家在创作中所具有的历史使命感和社会责任感。然而，走出校门后的大江却一改学生时期的创作主题，连续出版了以性为描写对象的长篇小说《我们的性世界》《我们的时代》和《迟到的青年》。这些作品从性意识的角度观察人生，试图通过对当代青年性迷惘的探索来揭示现代社会躁动不安的直接动因。他的探索不可谓不成功，但却招致了铺天盖地的批评，这对一个有影响的作家而言，不能不陷入对未来创作路径的痛苦思索之中。

正在这时，28岁的大江健三郎又遭遇了人生中最大的打击，这一年他的长子大江光出生，不幸的是婴儿的头盖骨先天缺损，脑组织外溢，虽然经过医治挽救了生命，但留下了终生后遗症。也是这一年夏天，他受邀去广岛参加了原子弹爆炸的有关调查，走访了许多爆炸中的幸存者，也耳闻了数十万计的生命死于一瞬的情景。这两件与死相连接的事件给他带来了难以言状的苦闷和震撼，他不得不静下心来认真思考人类所面临的经常性死亡威胁问题。

1964年，他以自己的经历为背景，创作了一部以残疾人为主题的长篇小说《个人的体验》。小说的主人公鸟的妻子生了一个残疾儿，鸟首先选择了逃避。他把婴儿扔在医院，自己则躲到旧日情人火见子的卧室里，火见子安慰鸟忘掉忧愁，并诱使鸟不断堕落。经过长时间的心灵炼狱之后，鸟幡然醒悟，勇敢地肩负起自己的责任，决心与残疾儿坚韧地生存下去。这部小说的伟大在于他在述说个人不幸的同时让读者体味了人类的不幸。

这一时期的作品还有长篇三部曲——《熊熊燃烧的绿树》《核时代的森林隐遁者》和《广岛札记》。其中《核时代的森林隐遁者》是一部具有象征意味的核问题小说，作家曾说，他所理想的乌托邦，就是“我的故乡那里的森林”。“森林”在大江健三郎的作品里，常常作为人物的“再生”之地，或者核时代的隐蔽所。

“核武器的悲惨后果是与脑功能障碍的儿子问题自然相关的另一个主题。人生的悖谬、无可逃脱的责任、人的尊严等这些大江从萨特那里获得的哲学要素贯彻作品的始终，形成大江文学的一个特征。”瑞典文学院在 1994 年授予大江健三郎诺贝尔文学奖时这样评价他的作品：“在诗性创造的想象世界里，现实与神话相互交融，勾勒出一幅当代人困境的多变的图景。”